Bibliothek der Kinderklassiker

Oliver Twist

Charles Dickens

Oliver Twist

Nacherzählt von
Dirk Walbrecker

Illustriert von
Doris Eisenburger

Annette Betz Verlag

Inhalt

Wie alles begann

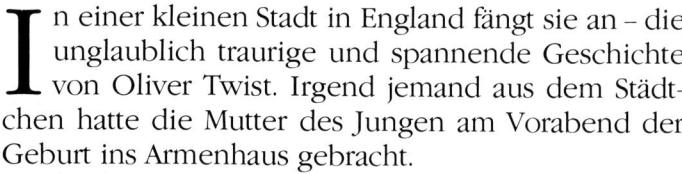

In einer kleinen Stadt in England fängt sie an – die unglaublich traurige und spannende Geschichte von Oliver Twist. Irgend jemand aus dem Städtchen hatte die Mutter des Jungen am Vorabend der Geburt ins Armenhaus gebracht.

»Sie lag hier in der Nähe auf der Straße«, hieß es.

»Von ziemlich weit muß sie herkommen, denn ihre Schuhe sind ganz zerfetzt und abgelaufen. Kein Mensch kennt sie, und einen Mann scheint sie auch nicht zu haben, weil sie keinen Trauring trägt.«

Die folgende Nacht verbrachte die Frau unter Qualen in dem Haus, das die Gemeinde für die Ärmsten der Armen zur Verfügung hielt. Und am nächsten Morgen fand mit Hilfe eines nicht besonders freundlichen Arztes und einer Krankenschwester, die vom Biergenuß schon reichlich benebelt war, die Geburt statt. Doch bis sich der kleine Oliver entschloß, seinen ersten Schrei zu tun, dauerte es einige Zeit ...

Dann bat die Mutter mit schwacher Stimme: »Laßt mich, bevor ich sterbe, wenigstens einmal mein Kind sehen.«

»Sie dürfen jetzt nicht vom Sterben reden!« wandte sich der Arzt an die Frau.

Und die Krankenschwester fügte hinzu, während sie die Bierflasche vor dem Arzt verbarg: »Gott behüte, was weiß die vom Mutterdasein! Wenn sie erst mal wie ich dreizehn Kinder zur Welt gebracht hat und nur zwei davon überleben, dann wird sie sich nicht mehr so anstellen.«

Inzwischen hatte der Gemeindearzt der fremden Frau das Neugeborene gereicht. Die hielt das kleine Wesen, das alsbald den Namen Oliver Twist bekommen sollte, fest in ihren Armen, preßte ihre blassen Lippen leidenschaftlich auf seine Stirn, blickte verloren um sich – und starb.

Der Arzt und die Schwester rieben ihr Brust, Schläfen und Hände ... doch vergeblich: Das Blut war schon im Begriff zu erkalten, und jedes Wort des Trostes und der Hoffnung kam zu spät.

»Es ist aus, Frau Namenlos«, sagte der Arzt.

»Das arme Ding!« sagte die Schwester und nahm den kleinen Oliver wieder an sich. Nur zu genau wußte sie, was dem Jungen nun bevorstand. Er war ein Gemeindekind, ein Waisenkind, welches man fortan herumstoßen würde – von allen verachtet und von niemandem bemitleidet. Die ersten Wochen würde man es mit dem Fläschchen großziehen, und dann hätte man keinen Platz und keine Zeit mehr für das Kind. Dann würden die Gemeindevertreter beraten und beschließen, den Jungen einer Ziehmutter zu geben.

Hier würde Oliver nicht das einzige Kind sein – im Gegenteil: In einem solchen Ziehhaus tummelten sich zwanzig oder dreißig solcher armen Geschöpfe unter der Obhut einer älteren Frau. Die bekam für jedes Kind siebeneinhalb Pence Kostgeld pro Woche und wußte, was den Kindern guttat – aber noch viel mehr, was zu ihrem eigenen Vorteil war.

So gab sie den Kindern nur das Allernötigste oder noch etwas weniger zu essen und zu trinken und steckte das meiste Geld in die eigene Tasche. Kein Wunder also, daß gar nicht selten ein Kind ganz einfach verhungerte oder im Winter erfror. Und damit nicht genug: Es gab auch Kinder, die durch »Unfälle«, wie man es nannte, ums Leben kamen. Zwar tauchte dann ein Gemeindevertreter im Ziehhaus auf, um nach dem Rechten zu sehen, doch da hatte Mrs. Mann längst alle Spuren beseitigt, hatte ihre Zöglinge aufs Feinste herausgeputzt und spielte die fürsorgliche und rührende Ziehmutter ...

Unter solchen Bedingungen also lebte und litt der kleine Oliver jahraus, jahrein, war Tag und Nacht in dem Ziehhaus eingesperrt und wußte nichts von dem, was in der Welt draußen geschah. Er war ein blasses, schmächtiges Kind, das wahrscheinlich längst gestorben wäre, wenn er nicht ungewöhnlich starken Lebenswillen geerbt hätte. Mit dem ertrug er alle Entsagung und auch die Prügel, die er regelmäßig für nichts und wieder nichts bekam.

So ist es auch nicht weiter verwunderlich, daß er seinen neunten Geburtstag zusammen mit zwei seiner Leidensgenossen im Kohlenkeller des Ziehhauses feiern durfte.

Was wohl hatte ihm dieses großzügige Geschenk eingebracht?

Oliver und seine beiden Freunde hatten nichts anderes gewagt, als Hunger zu haben, und dieses mit ein paar bitteren Worten kundzutun . . .

Aber so düster es auch um Oliver aussah – es sollte an diesem Tag noch etwas höchst Überraschendes geschehen!

Der Gemeindediener höchstpersönlich tauchte an der Pforte des Ziehhauses auf und verlangte unwirsch Einlaß.

»Ach, gütiger Gott! Sind Sie es, Mr. Bumble, mein Herr?« Verschreckt stand Mrs. Mann am Fenster des Ziehhauses und mußte zusehen, wie sich der Gemeindediener gewaltsam Zutritt verschaffte.

»Ach, wie ich mich freue, Sie wiederzusehen, Mr. Bumble!« rief Mrs. Mann dem überraschenden Gast zu und konnte ihrer Küchenhilfe gerade noch zuflüstern: »Hol die Jungs schnell aus dem Keller, und wasch sie gründlich!«

Dann stand der beleibte Gemeindediener schon im Haus und wurde von Mrs. Mann mit einem tiefen Knicks begrüßt: »Tut mir leid, daß ich nicht gleich an der Pforte war. Ich muß sie geschlossen halten wegen der lieben Kinderchen.«

Mrs. Mann führte ihren Gast, der sich nicht gerade wenig auf sich, seine Anstellung und seine Uniform einbildete, in das kleine Besuchszimmer und bat ihn mit unterwürfigem Tonfall, doch bitte und freundlicherweise Platz zu nehmen.

»Ich komme in einer wichtigen Geschäftsangelegenheit«, erklärte Mr. Bumble und machte es sich bequem.

»Ach, Sie haben einen langen Weg hinter sich«, versuchte Mrs. Mann etwas Zeit zu gewinnen, »darf ich Ihnen vielleicht ein Tröpfchen anbieten?«

»Keinen Tropfen!« winkte der Gemeindediener ab und machte zugleich ein begehrliches Gesicht.

Mrs. Mann wußte nur zu gut, wie sie mit ihrem Gast umzugehen hatte, und bald darauf servierte sie ihm einen Wacholderschnaps und dazu noch eine ganze Menge der süßesten Komplimente.

»Sie verwöhnen mich wohl so wie Ihre lieben Kinder«, bedankte sich Mr. Bumble und kam auf den Anlaß seines Besuches zu sprechen: »Ich komme wegen dieses Oliver Twist, der heute neun Jahre alt geworden ist. Obwohl wir eine Belohnung von zwanzig Pfund ausgesetzt haben, konnten wir nichts über seine Herkunft erfahren. Könnte ich ihn mal sprechen, bitte?«

»Verbeuge dich vor diesem Herrn!« sagte die Ziehmutter kurz darauf zu einem frisch herausgeputzten Oliver. »Das ist Mr. Bumble, der sich auf netteste Weise um das Wohl der ganzen Gemeinde kümmert.«
»Nun ... nun ...« wehrte sich Mr. Bumble, sichtlich beglückt von so vielen Komplimenten. »Ach, Mrs. Mann, Sie sind uns nicht minder nützlich und hilfreich, und ich verspreche Ihnen, bei der nächsten Gemeinderatssitzung ein gutes Wort für Sie einzulegen. Ich trinke auf Ihre Gesundheit!«

Nach einigen weiteren artigen Komplimenten und Schmeicheleien hin und her wandte sich der Gemeindediener Oliver zu, der verschüchtert und mit Herzklopfen vor den beiden Erwachsenen stand.

»Oliver«, sagte er mit feierlicher Stimme, »möchtest du mit mir kommen?«

Oliver blickte erstaunt auf Mr. Bumble. Er hätte wer auch immer sein können … jedem Menschen hätte er diese Frage mit Ja beantwortet. Doch bevor er wagte, den Mund aufzumachen, sah er, wie Mrs. Mann hinter dem Rücken des Gemeindedieners mit der Faust drohte. Sofort hatte er begriffen, was dieser Wink zu bedeuten hatte. Schließlich hatte er diese Hand so oft zu spüren bekommen, daß sie für immer tief in sein Gedächtnis eingeprägt war.

»Geht *sie* denn auch mit?« war das einzige, was dem verschreckten Oliver einfiel.

»Das kann sie leider nicht«, erwiderte Mr. Bumble. »Aber sie wird dich gewiß öfters besuchen.«

Genau das war kein Trost für Oliver. Aber so jung er auch noch war – er war schlau genug, um größtes Bedauern über seinen bevorstehenden Abschied vorzutäuschen. Ja, es fiel ihm auch überhaupt nicht schwer, Tränen in seine Augen zu locken. Er mußte nur an den dauernden Hunger und die vielen Mißhandlungen denken, und die Tränen kamen schon ganz von selbst …

Und was tat seine Ziehmutter? Sie umarmte Oliver ein ums andere Mal, spielte die Tröstende und die Untröstliche in einem und lief sogar, um ihrem Zögling umgehend ein Butterbrot zu holen, damit er nur ja nicht hungrig ins Armenhaus komme.

Als Oliver wenig später den Ort verließ, wo er fast neun Jahre ohne ein freundliches Wort und ohne einen lieben Blick hatte auskommen müssen, da war ihm trotzdem beklommen zumute, und er fühlte sich unbeschreiblich einsam.

Noch mehr Qualen

So unfaßlich es klingt – Oliver Twist war wieder in dem Haus gelandet, wo er vor Jahren das Licht der Welt erblickt und seine Mutter verloren hatte. Wer aber nun glaubt, es hätte jetzt eine bessere Zeit für ihn begonnen, der irrt gewaltig. Es gab Arme in großer Zahl in diesem Städtchen, in England und fast in der ganzen Welt. Und es waren hier an diesem Ort inzwischen so viele geworden, daß sich sogar der Gemeinderat genötigt sah, eine Sitzung diesem Problem zu widmen.

»Den Armen geht es zu gut in unserem Armenhaus!« stellten die weisen Männer der Gemeinde alsbald fest. »Sie haben die Mahlzeiten umsonst, sie genießen freie Unterkunft, und arbeiten müssen sie auch nicht! Wir müssen etwas dagegen unternehmen.«

Und nach einvernehmlicher Beratung wurde be-

schlossen, das Wasser und das Essen knapper zu bemessen. Und da man einmal beim Beschließen war, widmete man sich den Frauen, deren Rechte den Herren eindeutig zu umfassend waren. Und damit auch die armen geschiedenen Ehemänner nicht zu kurz kamen, befreite man sie von einem Großteil ihrer Zahlungsverpflichtungen gegenüber den ehemaligen Frauen. Schlußendlich gönnte man sich sogar das Vergnügen, einen Bewohner des Armenhauses höchstpersönlich in Augenschein zu nehmen.

»Holen Sie uns den jüngsten Bewohner des Hauses!« wurde dem Gemeindediener aufgetragen, und wenig später erschien Oliver Twist ängstlich und zitternd vor dem hohen Rat.

»Sei nur ja höflich zu den ehrwürdigen Herren!« hatte Mr. Bumble den Jungen gewarnt und ihm zur Sicherheit zwei Schläge auf den Rücken verabreicht.

Trotzdem bekam Oliver keinen Laut heraus, als einer der Herren ihn nach seinem Namen fragte. Statt dessen liefen ihm mal wieder Tränen über die Wangen, und einer der dickleibigen Herren fragte auch noch: »Warum weinst du denn, Junge?«

Oliver wußte auf diese Frage nicht zu antworten.

»Hör zu, Knabe«, sprach ihn daraufhin ein anderer Herr an, »du weißt hoffentlich, daß du ein Waisenkind bist, oder?«

»Was ist das?« fragte Oliver und erntete damit verächtliches Lachen.

Um es kurz zu machen: Der Gemeinderat befaßte sich nicht lange mit dem kleinen Oliver. Es wurde verfügt, ihn zu den anderen verstoßenen und verwaisten Kindern im Armenhaus zu tun. Dort ging es kaum anders zu als bei der gemeinen Mrs. Mann – ja, manches wurde sogar noch schlimmer.

Der Raum, in dem die Jungen ihr Essen bekamen, war eine steinerne Halle, in der sich kaum mehr befand als ein großer Kupferkessel. Aus dem schöpfte der Vorsteher im Beisein von zwei Gehilfinnen zu den Mahlzeiten eine Art Grütze ... ein Napf pro Junge, und an Festtagen gab es sage und schreibe auch noch ein Stückchen Brot extra. Nun muß man auch noch erwähnen, daß es sich bei den Näpfen um nicht gerade große Gefäße handelte. Man könnte sagen: Die Löffel waren kaum kleiner als die Näpfe. Nur die Mägen der Jungen ... die waren wohl deutlich größer als beides.

Kurz gesagt: Die Anordnungen des Gemeinderates taten ihre Wirkung. Zwar entstanden neue Kosten im Armenhaus, weil plötzlich so viel mehr Bestattungen bezahlt werden mußten, aber dies wollte man ja gerne auf sich nehmen.

So litten Oliver und seine verbliebenen Leidensgenossen Tag für Tag, Woche für Woche Höllenqualen, und jeder, aber auch jeder war vom Hungertod bedroht. Als schließlich sogar einer der größeren Jungen ankündigte, des Nachts über seinen kleinen Bettgenossen herzufallen, wenn er nicht umgehend einen zweiten Napf Grütze pro Tag bekäme, da wurde heimlich Rat gehalten und beschlossen, daß sich ein Junge zum Vorsteher begeben mußte, um ihn um mehr Essen zu bitten – und das Los fiel auf Oliver Twist.

Der Abend kam, und die Jungen versammelten sich wie gewohnt im Eßraum. Der Vorsteher rührte in der dünnen Brühe, und die Helferinnen verteilten die Näpfe. Ein Gebet wurde gesprochen, und man darf es laut sagen: Dies dauerte länger als das Leeren der Schüsselchen. Und dann kam der Moment, vor dem Oliver riesige Angst hatte: Nach ein paar Knuffen von seinen Nachbarn stand er vom Tisch auf, ging mit

seinem Napf zu dem Vorsteher und sagte: »Bitte, mein Herr, ich möchte noch etwas mehr!«

Der Vorsteher war ein durchaus stämmiger und gesunder Mann. Doch jetzt wurde er mit einem Schlage blaß, suchte Halt am Ofen und war sprachlos. Seinen Helferinnen ging es nicht anders, und auch von den Jungen kam kein Mucks.

»Wie bitte?« fragte der Vorsteher schließlich mit kaum hörbarer Stimme.

»Bitte, mein Herr«, wiederholte Oliver, »ich möchte noch etwas mehr.«

Ganz langsam, aber sehr entschlossen, griff der Vor-

steher nach seiner Schöpfkelle, holte aus und schlug Oliver damit auf den Kopf. Dann packte er den Jungen und schrie nach dem Gemeindediener.

Umgehend stürzte Mr. Bumble in den Eßraum und vernahm von dem unglaublichen Vorfall.

»Das wird sofort geregelt!« verkündete Mr. Bumble und stürmte davon.

Zufällig nämlich tagte gerade mal wieder der Gemeinderat, und der Gemeindediener hatte nichts Besseres zu tun, als in die Sitzung zu platzen und den hohen Herren das Ungeheuerliche zu verkünden: »Oliver Twist hat mehr verlangt!«

Man kann sich vorstellen, welche Gesichter die Vertreter der Gemeinde machten. Eine solch unglaubliche, unfaßbare und unerhörte Unverschämtheit war ihnen noch niemals untergekommen! Umgehend wurde diskutiert und beraten, und als erstes wurde verfügt, Oliver Twist ins Verlies zu sperren.

Dort verbrachte der Arme die nächsten Tage allein, völlig verschreckt und die meiste Zeit unter Tränen. Besonders aber, wenn die Nacht kam, befiel den Jungen ein Zittern, und er konnte nichts anderes tun, als Schutz an der harten, kalten Wand zu suchen.

Wer nun aber vermutet, Oliver habe die ganze Zeit allein verbringen müssen, der irrt gewaltig. Jeden Morgen erschien Mr. Bumble und holte den Jungen in den gepflasterten Hof des Armenhauses. Dort durfte sich Oliver in der Eiseskälte mit kaltem Wasser aus der Pumpe waschen. Und damit diese Tätigkeit auch genügend Prickeln verursachte, half der Gemeindediener mit seinem Rohrstock kräftig nach.

Damit jedoch nicht genug: An jedem zweiten Tag brachte Mr. Bumble Oliver gerade dann in den Eßsaal, wenn die Jungen vor ihren Näpfen saßen. Statt einer Mahlzeit gab es für den, der so unverschämt aufbegehrt hatte, eine weitere Tracht Prügel, die vor allem den Zweck verfolgte, die anderen Jungen vor ähnlichen Taten zu warnen.

Eine besonders erzieherische Maßnahme, die sich die Gemeinderäte hatten einfallen lassen, soll auch nicht unerwähnt bleiben: Immer dann, wenn die anderen Jungen beteten, durfte auch Oliver anwesend sein. Besser gesagt: Man stieß ihn mit Fußtritten in den Raum und ließ ihn das Gebet hören, das eigens für ihn verlängert worden war. So mußten die Jungen nach den üblichen Worten darum flehen, Gott möge sie gehorsam und gut machen und sie vor den Sünden und Lastern des Oliver Twist bewahren. Dieser nämlich sei vom Teufel persönlich geschaffen und stehe unter dem Schutz aller denkbar bösen Mächte ...

Einer, der von alledem nichts wußte und mit großem Interesse ein Gemeindeschild las, war ein gewisser Mr. Sowerberry:

Lehrling zu verschenken

Belohnung IV Pfund

Anmeldung bei der Gemeinde

Er war nicht der erste, der dieses merkwürdige Angebot zu verstehen versuchte. Aber gerade zum rechten Zeitpunkt war Mr. Bumble erschienen, um mit erklärenden Worten zu dienen: »Sie wundern sich wohl über unser großzügiges Angebot, nicht wahr, lieber Herr Leichenbestatter?«

»So könnte man es nennen, lieber Herr Gemeindediener. Wenn ich an den dürftigen Preis denke, den man mir für meine Särge zahlt . . .«

»Aber Mr. Sowerberry! Sind es nicht zuletzt immer mehr gewesen? Und noch dazu solche, an denen Sie Holz sparen konnten, weil unsere lieben Verblichenen immer dünner starben?«

»Da muß ich Ihnen recht geben, Mr. Bumble.«

»Das liegt an der neuen Essensverordnung, die der Gemeinderat beschlossen hat«, erklärte Mr. Bumble. »Die Mittel sind knapp, Herr Leichenbestatter. Da muß man sparen, wo man kann, verstehen Sie?«

»Ich bemühe mich, Herr Gemeindediener. Trotzdem würde mich interessieren, wieso hier in diesem Fall die Gemeinde sogar noch etwas drauflegt.«

»Das ist so, Mr. Sowerberry. Der Junge ist ein durchaus fähiges Bürschchen, immer willig und bescheiden und auch aufs leichteste zu züchtigen. Er ist eigentlich zu schade fürs Armenhaus. Und deshalb hat sich der besorgte Gemeinderat gedacht, man sollte zum Nutzen des Jungen und seines zukünftigen Nutznießers ein attraktives Angebot machen.«

Der Leichenbestatter verstand zwar nicht so recht, warum die Herren des Rates plötzlich so großzügig dachten, er war aber entschlossen, die günstige Gelegenheit beim Schopf zu packen. Kinder waren die billigsten Arbeitskräfte, und ihr Widerstand war mit einer kräftigen Hand oder einer ledernen Peitsche am einfachsten zu brechen.

»Wenn es dem Gemeinderat genehm ist«, sagte deshalb Mr. Sowerberry, »möchte ich, der stets pünktlich seine Steuern bezahlt hat, mich als Bewerber für das Geschenk anmelden.«

»Ich werde sehen, was ich für Sie tun kann«, spielte sich Mr. Bumble mal wieder gehörig auf und verließ mit diesen Worten den Leichenbestatter.

Die nächste Gemeinderatssitzung dauerte nicht lang. Einstimmig wurde beschlossen, Oliver Twist »zur Probe« an den Leichenbestatter zu verschenken. Dies bedeutete nichts anderes, als daß die Gemeinde alle Kosten vom Hals hatte, und der neue Besitzer des Jungen mit diesem machen konnte, was ihm beliebte. Bevor jedoch Oliver aus dem Armenhaus entlassen wurde, redete man noch ernste Worte mit ihm:

»Falls du dich bei dem Herrn Sargschreiner nicht fügst, werden wir dich zur See schicken, wo man dich entweder ertränkt oder dir den Kopf einschlägt.« Dann übergab Mr. Bumble Oliver ein überaus großes Bündel mit all seinem Hab und Gut und machte sich mit ihm auf den Weg zu seiner neuen Wohnstätte.

Särge

Bald darauf stand Oliver im Laden von Mr. Sowerberry und wurde von dem Leichenbestatter und dessen Frau kritisch beäugt.

»Hier bring ich Ihnen den Jungen«, sagte Mr. Bumble und ließ Oliver zwei tiefe Verbeugungen machen.

»Meine Güte«, sagte Mrs. Sowerberry reichlich mißgelaunt, »ist der aber mickrig!«

Oliver fühlte sich jetzt noch kleiner als er in Wirklichkeit war, und der Gemeindediener gab der Leichenbestatter-Ehefrau recht: »Ja, er ist ziemlich klein, das läßt sich nicht leugnen. Aber er wird schon noch wachsen, Mrs. Sowerberry. Wirklich.«

»Ja, ja, ich weiß schon, wie!« sagte die Frau verdrießlich. »Von unserem Essen! Ich für meinen Teil sehe keinerlei Nutzen in diesen Gemeindekindern. Die machen einem mehr Unkosten, als daß sie Vorteile bringen. Aber die Männer meinen ja immer, sie wüßten es besser.«

Dann öffnete sie eine Tür und rief: »Komm her, du Klappergestell, hier die Treppe runter!«

Oliver folgte gehorsam, bekam einen Schubs von Mr. Sowerberry und stolperte eine steile Treppe hinab, die in ein düsteres, feuchtes Gewölbe führte. Es war der Vorraum des Kohlenkellers und wurde von den Sowerberrys »Küche« genannt. Darin hockte ein schlampig gekleidetes Mädchen in Schuhen, die völlig abgetreten waren, und in blauen Wollstrümpfen, die dringend gestopft werden mußten.

»Hier, Charlotte«, rief Mrs. Sowerberry, die Oliver gefolgt war, »gib diesem Jungen ein paar von den Fleischknochen, die wir für Trip aufgehoben haben. Er ist seit heute morgen nicht mehr aufgetaucht – da soll er sehen, wie er satt wird! Das Kerlchen hier ist bestimmt nicht so verwöhnt, als daß er das Zeug verachten würde, das wir ihm freundlicherweise geben. Stimmt's, Junge?«

Oliver, der bei dem Wort Fleisch glänzende Augen bekommen hatte, nickte eifrig und zitterte vor Begierde, das angekündigte Mahl alsbald hinunterschlingen zu dürfen.

Dann wurde ihm ein Teller vor die Nase gestellt, und man darf eigentlich nicht beschreiben, wie das, was man als Essen bezeichnete, aussah und roch . . .

Man konnte getrost behaupten: Sogar Trip, der Hund des Leichenbestatters, hätte diesen Fraß nicht angerührt!

Oliver hingegen stürzte sich auf das Mahl, als wäre es die größte Köstlichkeit. Voller Heißhunger knabberte und nagte er, bis auch die letzte Sehne und die letzte Faser von den Knochen verschlungen war. Vergessen waren die Tränen, die er noch vor wenigen Minuten vergossen hatte, als sich Mr. Bumble mit ihm auf den Weg zum Leichenbestatter gemacht hatte. Und vergessen waren auch all die Mahlzeiten im Armenhaus, wo man nicht ein einziges Mal den Napf ohne laut knurrenden Magen zurückgegeben hatte . . .

»Na, bist du endlich fertig?« fragte Mrs. Sowerberry, nachdem Oliver jeden Knochen dreimal abgeleckt hatte.

Sie bekam keine Antwort, und mit Schrecken dachte sie an die nächste Zeit, wo sie diesen halbverhungerten Burschen durchfüttern sollte. Er kriegt nur das Allernötigste! beschloß sie und beobachtete mit Abscheu, wie Oliver einem Tier gleich im Raum nach noch mehr Eßbarem Ausschau hielt.

»Komm mit!« rief sie, ergriff eine Laterne und stakste die Treppe hinauf. Und während Oliver ihr willigst folgte, erklärte sie: »Jetzt mach ein bißchen flott, es ist schon spät! Ich denke, du schläfst gerne zwischen den Särgen, oder?«

Kurze Zeit später stand Oliver allein in einem Raum, der schauerlicher und unheimlicher nicht sein konnte. Um ihn herum befanden sich lauter Särge ... einige erst halb fertig und andere gerade so an die Wände gelehnt, als ob sie leibhaftige Schreckgestalten wären, die sich jeden Augenblick in Bewegung setzen konnten, um sich mit dem neuen Gast zu beschäftigen.

Auf dem Boden lagen Tuchfetzen, Werkzeug und andere Materialien und auf einem langen niedrigen Holzkasten seltsame Figuren ... lauter Dinge, die Oliver fremd waren und ihm einen Schauder nach dem anderen über den Rücken laufen ließen. Kaum wagte er, sich auf den knarzenden Holzdielen fortzubewegen. Und bei jedem Schritt mußte er sich vergewissern, ob nicht eine der dunklen Gestalten nach ihm greifen würde ...

Obwohl es inzwischen Nacht wurde, war die Luft in diesem Raum immer noch heiß und stickig und vom Geruch der Särge durchtränkt.

Am grausigsten aber war der Winkel hinter der Theke und einer alten messingbeschlagenen Kiste.

Dort hatten die Sowerberrys eine Art Schlaflager für Oliver bereitet – nicht mehr als eine alte muffige und zerschlissene Wollmatratze, die unter die Theke geschoben war und den düsteren Platz wie einen offenen Sarg aussehen ließ, in den Oliver nur einzusteigen brauchte ...

Doch es war nicht nur der gespenstische Ort, der Oliver so viel Angst und Schrecken bereitete. Viel schlimmer noch war die Einsamkeit. So arg sein Leben bisher auch gewesen sein mochte – so allein war er nie gewesen. Mit einem Mal hatte er keine Freunde mehr, mit denen er sein Leid teilen konnte. Es gab niemanden an seiner Seite, mit dem er wenigstens heimlich flüstern oder den er ein bißchen trösten konnte, weil es ihm vielleicht noch schlimmer ging als ihm selbst.

Und so war es nicht verwunderlich, daß sich Oliver, als er in seine Schlafecke kroch, wünschte, dieser düstere Platz sei ein echter Sarg, in dem er nun den ewigen Schlaf finden könnte, während die Glocken ein letztes Mal läuteten und über ihm schon das Gras wuchs ...

Am nächsten Morgen wurde Oliver Twist durch laute Tritte gegen die Ladentür geweckt. Es knallte und schepperte nicht nur ein- oder zweimal – nein, jemand donnerte mindestens fünfundzwanzigmal gegen die Tür, bis Oliver in den Kleidern war.

»Machst du wohl die Tür auf!« schrie die Stimme, die zu den Polterbeinen gehörte.

»Sofort, Sir!« rief Oliver und begann die Kette zu lösen.

»Bist wohl der neue Lehrling, was?«

»Ja, Sir«, rief Oliver und drehte den Schlüssel um.

»Wie alt?« wollte die Stimme wissen.

»Zehn, Sir«, antwortete Oliver und zögerte.

»Dann kriegst du eins drüber, sobald ich drin bin«, versprach der Unbekannte und begann ein Lied zu pfeifen.

Und wieder mal war es soweit: Oliver begann zu zittern, und es blieb ihm gar keine andere Wahl, als den Riegel zur Seite zu schieben und die Tür zu öffnen. Doch welche Überraschung!

Da war niemand, der losschlug. Da saß nur ein großer Junge aus der Armenschule auf einem Pfosten und aß in aller Gemütsruhe ein Butterbrot, das er mit einem Klappmesser sehr geschickt in kleine Stücke schnitt.

Oliver sah straßauf und straßab, wunderte sich und sagte schließlich zu dem Armenhäusler, der um vieles älter war als er: »Entschuldigen Sie vielmals, Sir, haben Sie etwa geklopft?«

»Getreten hab ich«, antwortete der Armenhäusler.

»Brauchen Sie einen Sarg, Sir?« fragte Oliver.

»Du brauchst gleich einen, wenn du weiter so mit deinem Vorgesetzten umspringst!« rief der ältere Junge. »Du scheinst wohl nicht zu wissen, mit wem du es hier zu tun hast, du Armenhäusler! Oder?«

»Nein, Sir«, erwiderte Oliver.

Der Unbekannte stieg ganz gelassen von seinem Hochsitz, musterte Oliver mit größtmöglicher Geringschätzung und sagte: »Ich bin Mr. Noah Claypole und dein Vorgesetzter. Nimm gefälligst die Fensterläden runter!«

Mit diesen Worten schritt er auf Oliver zu und ...

hab ich ein hübsches Stückchen Schinken reserviert.«
Noah Claypole grinste und war mit seinem Los sehr zufrieden. Zwar war auch er ein Armenhäusler wie Oliver, hatte sich aber schon eine kleine Stufe hochgedient und genoß es nun in vollen Zügen, daß er seinesgleichen unter sich hatte und fortan so quälen konnte, wie andere ihn, dessen Mutter nur eine Waschfrau und dessen Vater ein versoffener ehemaliger Soldat war, gequält und gepiesackt hatten. So genoß er es auch, als Oliver kurz darauf die nächsten Prügel für die zerbrochene Scheibe bekam ...

... gab ihm einen so kräftigen Tritt, daß es den Armen fast auf das Pflaster schmiß.
»Wird's bald, du kleine Ratte!« rief er dabei.
Oliver begriff zwar nicht ganz, was hier vorging, gehorchte aber, mühte sich, die schweren Läden zu entfernen, und zerbrach prompt unter dem hämischen Grinsen dieses Claypole eine Fensterscheibe.
»Los, ins Haus!« scheuchte ihn Noah zu Charlotte in die Küche.
»Da, Junge, dein Tee!« empfing das Hausmädchen Oliver nicht besonders freundlich. »Auf dem Kasten liegen ein paar Brotreste. Und dann rauf in den Laden!«
Anschließend wandte sie sich dem großen Jungen zu, der ihr offenbar in besonderer Weise ans Herz gewachsen war: »Komm ans Feuer, Noah! Für dich

Es wird schrecklich

Man kann gar nicht all die Gemeinheiten erzählen, die Oliver in den nächsten Wochen widerfuhren – trotzdem war sein Leben jetzt angenehmer als zuvor im Armenhaus. Und eines Tages sollte es sogar eine Überraschung geben!

Mr. Sowerberry rief Oliver zu sich und erklärte ihm: »Ich hab mit meiner Frau gesprochen. Sie ist einverstanden, wenn du mir in Zukunft bei den Beerdigungen zur Hand gehst.«

Und noch am selben Tag durfte Oliver Mr. Sowerberry in das Armenviertel begleiten, wo er die Leiche einer Frau zu vermessen hatte. Die Leiden, die Oliver hier zu Gesicht bekam, waren so schlimm, daß er darüber für kurze Zeit sogar sein eigenes hartes Schicksal vergaß.

Doch wo viel Armut herrscht, da gibt es auch viel Reichtum. Den konnte Oliver besonders dann bestaunen, wenn er bei den Beerdigungen der Wohlhabenden und Verwöhnten das Kreuz mit den Trauerfloren tragen mußte. Mr. Claypole hatte ihn zu solchen Anlässen besonders herausgeputzt, und Oliver durfte von Anfang bis Ende an den Feierlichkeiten teilnehmen. Und da konnte er beobachten, wie die Reichen bis zum Grab Trauer und Schmerz heuchelten und spätestens hinter der Kapelle zu ihren Alltagsgeschäften und Scherzen zurückfanden.

Ähnlich wechselvoll wurde an diesen Tagen mit Oliver umgegangen: Solang er mit Mr. Sowerberry unterwegs war, ging es ihm leidlich. Kaum jedoch war er zurück in der Werkstatt, so wurde er aufs übelste behandelt: Mrs. Sowerberry war eifersüchtig, weil ihr Gatte Oliver freundlich behandelte. Noah Claypole war neidisch auf Olivers feine Beerdigungstracht. Und Charlotte peinigte ihn nur deshalb, um Noah eine Freude zu bereiten.

Doch im Leben eines jeden Menschen gibt es Ereignisse, die wichtigen Einfluß auf das Schicksal haben. Und das passierte auch Oliver:

Eines Tages saß er zur Mittagszeit mit Noah und Charlotte in der Küche, da wurde das Hausmädchen, gerade als es das karge Essen serviert hatte, von Mrs. Sowerberry nach oben gerufen. Noah knurrte gehörig der Magen, und dies war schon Anlaß genug, sich mit allen möglichen Gemeinheiten über den nicht minder hungrigen Oliver herzumachen: Er zog ihn an den Haaren, zwickte ihn in die Ohren, nannte ihn einen Angeber und versprach ihm, höchstpersönlich zu erscheinen, wenn er demnächst gehängt würde. Aber sosehr sich dieser gemeine Kerl auch mühte, Oliver tat so, als ob ihm das alles nichts ausmachen würde.

Dann muß ich eben noch mehr zulegen! dachte sich Noah und sagte: »Sag mal, du Armenhäusler! Wo ist eigentlich deine Mutter?«

»Sie ist tot«, erwiderte Oliver kleinlaut. »Ich will nicht darüber sprechen.« Dabei wurde er ziemlich rot im Gesicht, und Noah übersah auch nicht, wie es um Olivers Mund- und Augenwinkel auffällig zuckte.

»Woran starb sie denn?« bohrte Noah nach und beobachtete jede Regung in Olivers Gesicht.

»An gebrochenem Herzen«, sagte Oliver, »jedenfalls hat man mir das so erzählt.«

Bei den letzten Worten rann dem Jungen eine Träne übers Gesicht, und Noah nutzte dies umgehend aus: »Was heulste denn, Kleiner?«

»Bestimmt nicht deinetwegen«, sagte Oliver und wischte sich die Träne weg.

»Ach, wie schade«, stichelte Noah weiter.

»Ich rat dir eines«, wurde Oliver jetzt sehr heftig, »sprich nur ja kein Wort mehr über sie!«

»Ja, was hör ich denn da?« belustigte sich Noah. »Jetzt wird der Armenhäusler auch noch frech ... und das bei einer solchen Mutter!«

Dabei rümpfte er die Nase und nickte bedeutungsvoll mit dem Kopf. Und als Oliver keine Anstalten machte, zu reagieren, wechselte Noah die Taktik und sprach in mitleidsvollem Ton: »Ach, du armer Armen-

häusler, es ist ja auch heute nichts mehr zu ändern, und damals war's ja auch nicht möglich, und mir tut's ja auch echt leid, und ich kann dir versichern: Uns tut's allen leid. Aber du weißt ja auch, daß deine Mutter eine von ganz unten war, mit einem üblen Ruf, verstehst du?«

»Was hast du da gesagt?« stieß Oliver hervor.

»Eine von ganz unten, mit üblem Ruf«, wiederholte Noah Claypole. »Und es war bestimmt besser, daß sie gestorben ist. Denn sonst wär' sie sicher im Kittchen gelandet oder weggeschafft oder sogar gehängt worden. Hab ich recht, du Armenhäusler?«

Hochrot vor Wut über diese Beleidigungen sprang Oliver auf. Er warf dabei seinen Stuhl um, stürzte sich auf Noah, packte ihn an der Kehle und schüttelte ihn mit solcher Wut, daß es ihm die Zähne aufeinanderschlug.

Was war mit Oliver Twist passiert? Noch kurz zuvor hatte er klein und schwach gewirkt ... und nun versetzte der magere Junge diesen Kerl von Noah Claypole derart in Angst und Schrecken, daß dieser in Panik schrie: »Er bringt mich um! Charlotte! Frau Meisterin! Der neue Lehrling ist wahnsinnig geworden! Er ist dabei, mich zu töten!«

Natürlich waren im Nu Charlotte und Mrs. Sowerberry in der Küche gestanden, um Hilfe zu leisten.
Und wem natürlich? Genau dem, der nun schon
monatelang Oliver das Leben zur Hölle machte:
»O du kleiner Teufel!« kreischte Charlotte und stürzte
sich auf Oliver. »Du klei-ner, un-dank-ba-rer, mör-
de-ri-scher Schur-ke!« Dabei versetzte sie ihm bei
jeder Silbe einen Schlag. Und kaum hatte sie von
ihm abgelassen, machte sich Mrs. Sowerberry über
ihn her, hielt ihn mit der einen Hand fest und zer-
kratzte ihm mit der anderen das Gesicht.
Inzwischen hatte sich Noah aufgerappelt und gab
Oliver ein paar derbe Tritte von hinten und half den
beiden Frauen, den sich verzweifelt wehrenden Jungen in den Müllkeller zu schleppen und dort einzu-
sperren.
Kaum war dies erledigt, brach Mrs. Sowerberry mit
großem Geheul zusammen: »Ach, welch ein Glück,
ach, welch ein Glück, daß wir nicht alle hinterrücks
im Bett ermordet wurden!«
Umgehend wurde der hysterischen Frau Trost und
Mut zugesprochen, während zugleich aus dem Keller
lautes Gepolter ertönte.
»Er wird uns die Türe eintreten!« klagte Mrs. Sowerberry. »Warum nur ist mein Mann nicht hier?«
»Wir sollten die Polizei rufen«, riet Charlotte.
Doch Mrs. Sowerberry hatten einen besseren Vor-
schlag, und man sollte das nun Folgende nicht mit
Worten beschreiben:

Wie konnte es geschehen, daß sich sogar Mr. Sowerberry so fürchterlich an seinem Zögling vergriff, obwohl doch wenigstens er ein wenig Mitleid mit Oliver zu haben schien?

Ganz einfach: Der Sargschreiner hatte Angst um seine Existenz, er fürchtete seine Frau, er fürchtete Mr. Bumble und erst recht die Herren mit der weißen Weste im Gemeinderat!

Die schickten, als sie von Olivers Anfall erfuhren, umgehend den Gemeindediener zu Sowerberrys. Und nach einem kurzen Verhör stellte Mr. Bumble fest: »Das kommt nur von dem Fleisch! Der Junge ist zu gut ernährt und deshalb so aufmüpfig.«

Gleich darauf verfügte er die übliche Strafe: Erst einmal wurde der Junge kräftig von Mr. Sowerberry verprügelt, dann machte sich der Gemeindediener über den armen Jungen her, und schlußendlich wurde Oliver bei Wasser und trockenem Brot in die Hinterküche gesperrt.

Erst spät in der Nacht erschien Mr. Sowerberry, um den Jungen aus dem Verlies zu befreien: »Geh rauf in dein Bett!« befahl der dem Geschundenen und mußte sich dabei große Mühe geben, um kein Mitleid zu zeigen.

Kaum war Oliver allein an dem unheimlichen Ort, war es mit seiner Beherrschung vorbei. Er begann, nachdem er bis jetzt alle Schmach und alle Prügel klaglos über sich hatte ergehen lassen, hemmungslos zu weinen. Er dachte an seine Mutter, an die er nicht den Hauch einer Erinnerung haben konnte, und nahm sich vor, auch in Zukunft kein böses oder beleidigendes Wort über sie zu dulden. Auch wenn es nur Gerüchte waren, die man ihm über die Verstorbene erzählt hatte ... das wenige erfüllte ihn mit Stolz, und selbst, wenn die schlimmsten Verleumdungen zutreffen würden ... Oliver nahm sich vor, seine Mutter vor jedem und auch dem Obersten und Stärksten mit Wort und Faust zu verteidigen!

Lange, sehr lange kniete Oliver regungslos in seinem Schlafraum und ließ seinen Gefühlen und Gedanken freien Lauf. Dann plötzlich – es wurde schon langsam Morgen – keimte ein Entschluß in ihm. Er stand auf und schlich im Schein eines Kerzenstummels zwischen den Särgen herum. Er sammelte die wenigen Kleidungstücke und knüpfte sie zu einem kleinen Bündel.

Dann machte er sich an der Türkette zu schaffen, wobei er einmal zögerte: Wenn er jetzt auch nur das geringste Geräusch verursachen und jemanden im Haus damit wecken würde – es wäre unweigerlich sein Ende.

Mit aller Behutsamkeit schob er den Riegel beiseite, drehte den Schlüssel und öffnete die Tür einen winzigen Spalt: Von draußen drang ihm kalte, feuchte Luft entgegen, und von irgendwo in der Nähe kamen Geräusche, die er nicht kannte.

Oliver war unschlüssig. Er hörte sein Herz pochen, und er blickte noch einmal in das Dunkel des Ladens, öffnete die leise knarzende Tür ein bißchen mehr ... und stand auf der Straße!

Flucht

Was Oliver in den nächsten Minuten und Stunden bewegte, läßt sich kaum beschreiben. Zunächst hatte er nur ein Ziel: so schnell wie möglich weg vom Haus der Sowerberrys hinaus aus dem Städtchen! Das Schlimmste, was ihm passieren konnte, war eine Begegnung mit dem Gemeindediener oder einem seiner Vorgesetzten – es wäre unweigerlich das Todesurteil gewesen!
Trotzdem konnte es Oliver nicht lassen, dort vorbeizugehen, wo er einen Großteil seiner Kindheit gelitten hatte. Und prompt traf er am Zaun des Armenhauses einen seiner Leidensgenossen, von dem er herzlich und hastig Abschied nahm, bevor er eiligst über einen Landweg das Weite suchte ...

Ich will nach London! hatte sich Oliver in den Kopf
gesetzt. Immer wieder hatte er gehört, daß man in
dieser riesigen Stadt mit ein bißchen Geschick am
ehesten überleben konnte. Und ohne sich überhaupt
vorstellen zu können, wie so eine Großstadt aussah,
war Oliver entschlossen, sich bis dorthin durchzuschlagen.

Doch welche Mühen und welche Entsagungen standen ihm bevor! Außer einer Brotrinde und einem
Penny, den ihm Mr. Sowerberry nach einer Beerdi-
gung zugesteckt hatte, besaß er rein gar nichts zum
Überleben. Und schon bald mußte er feststellen, wie
schwer es war, sich in der sogenannten freien Welt
durchzuschlagen: An ein einigermaßen trockenes
und normales Nachtquartier war gar nicht zu denken.
Die Hoffnung, von der einen oder anderen Kutsche
mitgenommen zu werden, war auch umsonst. Und
das Betteln war ein gefährliches Unternehmen, denn
wohin Oliver auch kam – überall standen Schilder,
auf denen Bettlern Gefängnisstrafe angedroht wurde.
Wären nicht da und dort ein paar Menschen gewesen, die großes Mitleid mit Oliver hatten und
ihm einen Kanten Brot zusteckten oder ihm einen
Schluck zu trinken anboten ... es wäre schon bald
um ihn geschehen gewesen. So gelang es ihm, frie-
rend und durchnäßt, Meile für Meile hinter sich zu
bringen und nach sieben Tagen die Stadt Barnet zu
erreichen.

Obwohl dieser Ort noch nichts mit London zu tun
hatte, blieb Oliver vor Staunen der Mund offen
stehen: Hier waren die Leute ganz anders gekleidet,
als er es gewohnt war, jedes zweite Haus war eine
Kneipe, und Kontakt zu bekommen war auch nicht
besonders schwierig.

»He, Kerl, wie geht's, wie steht's?« wurde Oliver
schon bald von einem männlichen Wesen angespro-
chen, das zwar kaum älter sein mochte als er, aber
unübersehbar aus einer anderen Welt kam.

Und kaum hatte Oliver die ersten Worte mit dieser
merkwürdigen Gestalt gewechselt, wurde er – so unfaßlich es auch war – von ihr zum Essen eingeladen
und gefragt: »Willste nach London?«

Oliver hatte kaum bejaht, da stellte sich der seltsame Junge hochoffiziell vor: »Bin Jack Dawkins, von meinen Freunden auch ›Gauner‹ genannt. Hab beste Verbindungen in die Stadt. Mußt nur mitkommen. Ganz einfach.«

Oliver brauchte einige Zeit, um zu glauben, daß ihm hier jemand den Himmel auf Erden versprach: »Muß heute nacht in London sein. Kenn da 'nen ehrenwerten Herrn. Der stinkt nach Geld und läßt dich bestimmt umsonst bei sich wohnen. Aber nur, wenn ich dich bei ihm einführ. Verstehste?«

Oliver verstand es zwar nicht, und er hatte erhebliche Zweifel an diesem Jungen. Er sah nämlich reichlich heruntergekommen und zudem ziemlich gerissen aus … also konnte es mit seiner reichen Bekanntschaft wohl nicht so weit her sein.

Aber dennoch machte er sich mit seinem neuen Freund auf den Weg und befand sich wenige Stunden später an dem Ort, wo das Überleben angeblich ein Leichtes war.

Obwohl es Jack Dawkins plötzlich unbegreiflich eilig hatte, konnte Oliver mit dem einen oder anderen

Blick feststellen, wohin er hier geraten war: in ein heruntergekommenes Stadtviertel, in dem es nur so von seltsamen Kreaturen jeden Alters und beiderlei Geschlechts wimmelte. Die Straßen waren mit Unrat übersät, und es roch ekelhaft.

Neben vielen kleinen Läden gab es auch hier eine Unzahl von Kneipen, in denen gegrölt wurde und vor denen handfeste Streitereien stattfanden. Überdachte Wege und Höfe gaben den Blick frei auf Gebäude, wo sich betrunkene Frauen und Männer im wahrsten Sinne des Wortes im Dreck wälzten. Und

was Oliver besonders wunderte: In dieser merkwürdigen Gegend gab es zahlreiche Läden, doch ihr Warenvorrat schien vor allem aus Kindern zu bestehen, die – obwohl es schon später Abend war – zu Hauf zu den Türen heraus- und hineinkrochen und dabei kreischten und brüllten, als ob es hellichter Tag wäre.

Oliver blieb keine Zeit, seine Umgebung genauer kennenzulernen. Sein Begleiter blieb nämlich abrupt stehen, packte ihn am Arm, stieß ihn in einen Hauseingang und pfiff schrill auf den Fingern . . .

»Ja, wen haben wir denn da?« hieß es wenig später, und Oliver wußte nicht, wohin er zuerst blicken sollte.

»Oliver Twist. Ich hab ihn unterwegs aufgegabelt«, erklärte Jack Dawkins. Und zu Oliver gewandt fügte er hinzu: »Und dieser Herr ist Fagin – ich hab dir von ihm erzählt. Die Typen da sind meine Freunde.«

»Von Herzen willkommen!« sagte der hagere Alte und machte sogar eine tiefe Verbeugung vor Oliver.

Bevor sich Oliver einigermaßen zurechtfinden konnte, war er von den Jungen umringt. Der eine schüttelte ihm die rechte Hand. Der andere schüttelte ihm die linke und entwendete ihm dabei seinen Beutel. Der dritte wühlte in seinen Taschen, als ob es da etwas zu finden gäbe . . .

»Finger weg von unserem Freund!« schimpfte Fagin laut.

Und um seinem Befehl etwas Nachdruck zu verleihen, hieb er den verlotterten Burschen mit einer Röstgabel über die Köpfe. Gleich anschließend verwendete er das Instrument dazu, knusprig gebratene Würstchen aus dem Feuer zu holen. »Gebt unserem Freund etwas Anständiges zu trinken!« befahl Fagin und deutete zum Tisch.

An das, was in der Folge geschah, konnte sich Oliver später so gut wie nicht mehr erinnern. Das einzige, was ihm vor Augen blieb, war ein Glas Gin mit Wasser, das er in einem Zug leeren mußte.

Kurz darauf fiel er in einen langen Tiefschlaf und traute seinen Augen nicht, als er aufwachte:

Der alte Jude nahm ein blinkendes Schmuckstück nach dem anderen aus einer Schatulle, ließ sie genußvoll durch die Finger gleiten und redete mit sich selber: »Haha, was sind das doch für geschickte Kerle! Und den alten Fagin haben sie nie verpfiffen, die feinen Kerle. Haha!«

Oliver öffnete die Augen ein bißchen mehr. Er blickte um sich und sah, daß er auf Säcken gebettet in demselben vergammelten Zimmer lag, in das ihn am Vorabend der »Gauner« geführt hatte. Jetzt drang Licht durch die Schlagläden, es roch nach frischem Kaffee, und die Jungen waren weg.

»Ansonsten gibt's ja glücklicherweise die Todesstrafe. Fünfe an den Galgen, und niemand kann mehr die Klappe auf–«

Im selben Moment bracht Fagin mitten im Satz ab, starrte entgeistert auf Oliver, schloß mit einer schnellen Bewegung die Schatulle, griff nach einem Brotmesser und sprang auf.

Oliver war zu Tode erschrocken.

Der Alte stand über ihm und zischte: »Warum schläfst du nicht? Weshalb beobachtest du mich? Was hast du gesehen?«

Bevor Oliver richtig antworten konnte, hatte sich der Mann wieder im Griff.

»Steh auf, Junge! Es gibt gleich Frühstück«, sagte er in fast freundlichem Tonfall. »Jeder hat so seine kleine Reserve fürs Alter, begreifst du?«

Oliver begriff nichts. Er stand auf und ging zum Tisch, an dem in der Nacht saufend und rauchend die Jungen gesessen hatten.

Im selben Augenblick knarzte die Tür, und Jack Dawkins und einer seiner Freunde betraten das Zimmer.

»Na, wart ihr erfolgreich, Jungs?« fragte Fagin.

Oliver traute seinen Augen nicht: Nicht nur, daß auf wundersame Weise die Schatulle verschwunden war . . . nun präsentierten die beiden Burschen auch noch zwei volle Brieftaschen und etliche seidene Taschentücher, die in London nur von feinsten Herrschaften getragen wurden!

»Prima Arbeit!« lobte Fagin. »Der Kaffee ist bereit!«

Olivers Rettung

Es dauerte einige Zeit, bis Oliver wirklich begriffen hatte, in welch feine Gesellschaft er geraten war: Dieser »Gauner« Jack Dawkins, sein Kompagnon »Master« Charly Bates, einige andere Jungen und sogar zwei Mädchen mit Namen Nancy und Betsy waren allesamt höchst gerissene Taschendiebe, die für ihren Herrn tagtäglich auf Diebestour gingen.

Und dieser ausgefuchste Fagin schien seine Bande voll im Griff zu haben. Zum Dank für die reiche Beute bot er Kost und Schlafstätte und dann und wann auch ein paar Münzen.

»Gefällt es dir bei uns?« fragte Fagin nach einigen Tagen seinen neuen Gast.

Was sollte Oliver anderes tun als die Frage zu bejahen? Er war viel zu ängstlich und zu eingeschüchtert, um seine Zweifel auszusprechen oder gar das Weite zu suchen.

»Nimm dir diese begabten Burschen als Vorbild«, riet Fagin seinem Gast. »Sie haben es gut bei mir, und so kannst du es auch haben.«

Nicht zum ersten Mal lachten sich die Jungen, vor allem der jeden Tag zu den größten Albernheiten aufgelegte »Master« Bates, halb tot über den schüchternen Oliver. Und als Fagin vorschlug, dieser solle ihm zur Probe heimlich das Taschentuch aus der Hose ziehen, da fingen sie gar an zu johlen und zu grölen.

»Okay, ich mach's!« sagte Oliver zu seiner eigenen Überraschung und erntete bald darauf großes Lob: »Du bist hochbegabt, Oliver Twist! Morgen darfst du mit auf Tour gehen.«

Die Bande trank einen Schluck Branntwein auf ihren »Neuen«, und am nächsten Tag konnte Oliver mit eigenen Augen sehen, wie Jack Dawkins und Charly Bates vor einem Buchladen zur Tat schritten …

Der »Gauner« griff einem fein gekleideten Herrn in die Rocktasche, zog mit größtem Geschick ein seidenes Taschentuch hervor, reichte es dem »Master«, und im Handumdrehen machten sich die beiden aus dem Staub.

Oliver stand wie angewurzelt: So also trieben es die Jungen! So kam dieser Fagin zu seinen Schätzen! Irgendwie war ihm das Treiben der Bande bisher als Spaß vorgekommen, doch nun . . .

Oliver kam nicht weiter zum Nachdenken. Der feine Herr unweit von ihm nieste, griff in seine Rocktasche und stutzte . . .

Nichts wie weg! schoß es Oliver durch den Kopf, und im selben Moment rannte er los.

»Haltet den Dieb!« rief der feine Herr. Denn gerade als er den Verlust seines Taschentuches festgestellt hatte, hatte Oliver die Flucht ergriffen . . . Und im Nu hefteten sich die verschiedensten Leute an seine Fersen!

»Haltet den Dieb!« schallte es laut durch die Straßen, und einer nach dem anderen nahm die Verfolgung des armen Oliver auf. Sogar der »Gauner« und der »Master« waren mit einem Mal wieder aufgetaucht, schrien lauthals: »Haltet den Dieb!« und beteiligten sich an der Verfolgung! Man kann es sich denken: Oliver kam nicht weit. Alsbald hatte ihn die Meute eingeholt, gefangen und wie ein erbeutetes Tier zu Boden geworfen!

Was in den nächsten Minuten und Stunden passierte, konnte Oliver erst viel, viel später begreifen, und es ist wohl das Verrückteste, was in einem Menschenleben geschehen kann:

Zunächst sah es so aus, als ob die Meute ihn in Stücke zerreißen wollte. Dann tauchte der bestohlene Herr auf. Und zur Überraschung aller Gaffer zeigte er erst einmal Mitleid mit dem »Dieb«, der hilflos auf dem schmutzigen Pflaster lag und aus dem Mund blutete:

»Armer Junge!« sagte er. »Ich glaube, er hat sich verletzt.«

Gleich darauf erschien ein Polizist und nahm mit Übereifer die Ermittlungen auf.

»Mr. Brownlow«, stellte sich der feine Herr vor und schien mit einem Mal gar nicht mehr interessiert an einer Vernehmung. Vielmehr betrachtete er ein ums andere Male den kleinen Oliver und verfiel in tiefes Grübeln: Da ist irgendwas an dem Jungen ... Wo habe ich diese Gesichtszüge schon einmal gesehen?

Nur widerstrebend betrat dann Mr. Brownlow das Polizeirevier. Und mit sehr ungutem Gefühl sah er, wie der blasse und am ganzen Körper zitternde Oliver Twist in eine Zelle gesperrt wurde ...

Gleich anschließend erschien ein Mann, dem seine Anstellung und seine Verantwortung ganz eindeutig zu Kopf gestiegen war: Es war Mr. Fang, eine Art Oberpolizist und Ermittlungsrichter in einer Person.

»Wer ist dieser Kerl?« fragte er äußerst unwirsch den ihm unterstellten Polizisten.

Bevor dieser zu antworten wußte, reichte Mr. Brownlow sichtbar verärgert Mr. Fang seine Visitenkarte.

»Wie lautet die Anklage gegen diesen Kerl?« verlangte der Richter zu wissen.

»Mr. Fang«, erklärte der Polizist mit aller gebotenen Unterwürfigkeit. »Der Herr ist nicht der Angeklagte, sondern er erhebt Anklage gegen den Jungen, der da drüben sitzt.«

Obwohl die Situation sehr eindeutig war, erlaubte sich dieser Mr. Fang noch weiter ein reichlich hochnäsiges und unverschämtes Spiel mit Mr. Brownlow.

Nach mehreren nicht eben freundlichen Wortwechseln erklärte Mr. Brownlow aufgebracht: »Ich verlange, daß dieser Junge umgehend freigelassen wird. Ich habe nichts, was ich gegen ihn vorbringen möchte.«

Das wiederum mißfiel Mr. Fang, dem es wohl nur darum ging, möglichst schnell ein möglichst hartes Urteil zu fällen.

»Das werden wir sehen. Führen Sie den Angeklagten vor!« befahl er dem Polizisten und empfing wenig später Oliver Twist mit einem Blick, der verächtlicher nicht sein konnte.

»Wie heißt du?« fuhr er den Jungen an, der totenbleich vor ihm stand.

Oliver war unfähig, auch nur ein Wort herauszubringen, und als der Richter nicht von ihm abließ und ihn mit weiteren Fragen drangsalierte, fiel er von einem Moment auf den anderen ohnmächtig um!

Noch bevor die Anwesenden mit der neuen Situation klarkamen, wurde die Tür aufgerissen, und ein fremder Herr stürzte herein.

»Wer ist denn das schon wieder?« schimpfte Mr. Fang. »Werft ihn raus!«

Aber der Neuankömmling ließ sich nicht einschüchtern. Im Gegenteil: Es war der Besitzer des Buchladens, vor dem sich der Diebstahl abgespielt hatte, und als er den bewußtlosen Oliver sah, meldete er sich sehr entschieden zu Wort: »Der da ist nicht der Täter. Er hat nur äußerst entsetzt zugesehen, wie zwei andere Burschen diesen Kunden da von mir beraubt haben.«

Mr. Fang verschlug es die Sprache, und am liebsten hätte er alle Anwesenden verhaftet, verurteilt und hinter Gitter gesetzt. Statt dessen aber blieb ihm nichts anderes übrig, als Oliver freizulassen und obendrein noch eine Kutsche für Mr. Brownlow zu bestellen, der es vorzog, ihn mit Nichtbeachtung zu bestrafen.

Was in den nächsten Tagen geschah, war wie ausgelöscht aus Olivers Gedächtnis. Das erste, was er wieder wahrnahm, war das Gesicht einer Frau:

»Ganz ruhig, mein Liebling!« sagte diese mit sanfter Stimme und blickte Oliver mit warmen Augen an. »Aber wo bin ich?« fragte Oliver verwirrt. »Mir war so, als sei meine Mutter an meinem Bett gesessen.«

»Das war das Fieber«, erklärte die Dame. »Du bist Gast bei Mr. Brownlow. Mach dir keine Sorgen.«

Immer noch schlaftrunken und sich sehr schwach fühlend, versuchte Oliver, mit der mehr als fremden Umgebung klarzukommen: Die beiden Frauen, die sich um ihn kümmerten, rochen anders als alle Menschen, mit denen er bisher zu tun hatte. Sie waren aufs feinste gekleidet, sprachen betont leise und behandelten ihn mit Zärtlichkeit, die ihm völlig fremd war, aber ungemein wohltat.

Nicht weniger aber beeindruckten ihn all die Dinge, die ihn umgaben. Doch bevor er sich einigermaßen zurechtgefunden hatte, war er wieder eingeschlafen.

39

Es dauerte noch Tage, bis Oliver wieder richtig bei Kräften war. Aber immer noch fühlte er sich gänzlich fremd. Man hatte ihn in Kleider gesteckt, die nur die reichsten Kinder trugen. Und die Suppe, die man ihm servierte, hätte – entsprechend verdünnt – für dreihundertfünfzig Armenhäusler ausgereicht. Es war der erste Tag, an dem er das Bett verlassen durfte, und es war ein Tag, der von einem wundersamen Ereignis geprägt war:

Kaum nämlich hatte Oliver in einem Sessel unter dem Porträt einer wunderschönen Frau Platz genommen – da fiel es Mr. Brownlow wie Schuppen von den Augen: »Jetzt weiß ich, woher ich dieses Gesicht kenne!«

Auch Oliver betrachtete das Bild und wurde von einem seltsamen Schauder erfaßt: »Wer ist das?« wollte er wissen. »Mir ist, als wenn das Bild lebendig wäre und zu mir sprechen wollte.«

»Sehen Sie, Mrs. Bedwin«, sagte jetzt Mr. Brownlow zu seiner Haushälterin, »ist das nicht wirklich verwunderlich? Die Augen, die Kopfform, der Mund . . . alles völlig gleich!«

In diesem Moment wurde Oliver von einem Schwindel befallen, er verdrehte die Augen und fiel erneut in eine tiefe Ohnmacht.

Dieses Mal dauerte es nicht so lang, bis sich Oliver erholt hatte. Dank der rührenden Fürsorge von Mrs. Bedwin und der anderen Hausangestellten stand er am nächsten Tag wieder auf den Beinen.

Welche Überraschung aber, als er erneut den Salon betrat: Das Bild mit der wunderhübschen Frau war von seinem Platz entfernt worden, und die Hausdame erklärte: »Schau nicht so traurig, Oliver! Wenn du wieder ganz bei Kräften bist, hängen wir es wieder auf.«

Oliver machte sich keine weiteren Gedanken, er begab sich auf einen Erkundungsgang durch das Haus, das, wie man ihm eröffnete, vorläufig sein Heim sein sollte. Und um diese Aussage zu bekräftigen, schnürte man ein Bündel aus seinen alten Kleidern, übergab es einem Dienstmädchen, das es umgehend einem jüdischen Händler verkaufte, der zufällig an dem hochherrschaftlichen Haus vorbeikam.

Eines Abends, nachdem sich Oliver Twist in seiner neuen Umgebung schon halbwegs eingelebt hatte, wurde er zu Mr. Brownlow in dessen Arbeitszimmer gebeten.

Es war das erste Mal, daß Oliver diesen Raum zu sehen bekam, und der war zutiefst beeindruckt von den Unmengen von Büchern, die Mr. Brownlow sein eigen nannte.

»Du scheinst Gefallen an den Büchern zu haben«, sagte Mr. Brownlow mit seiner tiefen, warmen Stimme und strich Oliver liebevoll übers Haar. »Vielleicht wird mal ein Schriftsteller aus dir.«

Natürlich konnte Oliver auf diese Bemerkung nichts erwidern, aber er ließ sich voller Interesse das eine und andere in der Bibliothek erklären und hätte dem alten Herrn stundenlang zuhören können, wenn dieser nicht plötzlich einen anderen Ton angeschlagen hätte: »Hör mir jetzt einmal aufmerksam zu, Oliver!«

»Oh, Sir, Sie wollen mich doch nicht etwa wegschicken?« fragte Oliver erschrocken.

»Falls du mich nicht enttäuscht, gibt es dazu keinen Anlaß«, erklärte Mr. Brownlow. »Ich möchte dir vertrauen, obwohl mich schon so mancher betrogen hat. Die Nachforschungen, die ich habe anstellen lassen, bestätigen das, was du über dich berichtet hast. Erzähl mir noch mehr von dir!«

Doch gerade, als Oliver zu sprechen beginnen wollte, klopfte das Dienstmädchen und meldete Besuch an: »Mr. Grimwig wünscht Sie zu beehren, Sir.«

Gleich darauf hinkte ein älterer Mann herein, der erst einmal heftig über das wüste Treiben auf den Straßen schimpfte, darüber vergaß, seinen Freund Brownlow zu begrüßen, und dann mit einem mehr als kritischen Blick Oliver musterte.

»Das ist der Junge, von dem ich Ihnen erzählt habe«, erklärte Mr. Brownlow.

Oliver wurde puterrot, weil ihn Mr. Grimwig voller Strenge und Mißtrauen betrachtete. Am liebsten wäre er davongelaufen, aber im selben Moment kam Mrs. Bedwin mit einem Bücherpaket: »Hier, Sir, das hat der Bote soeben vom Buchhändler gebracht.«

»Sagen Sie ihm, er soll diese paar Bücher mit zurücknehmen«, sagte Mr. Brownlow.

»Er ist schon weg«, sagte Mrs. Bedwin.

»Dann schicken Sie doch diesen Jungen!« schlug Mr. Grimwig vor und grinste dabei hintergründig.

»O ja, bitte!« entfuhr es Oliver.

Mr. Brownlow überlegte kurz, dann zog er eine Fünfpfundnote aus der Tasche, übergab sie zusammen mit den Büchern Oliver und sagte: »Laß dir den Weg von Mrs. Bedwin erklären.«

»Den sehen Sie nie wieder!« sagte Mr. Grimwig mit leiser Genugtuung.

Noch ein Überfall

Bevor wir erfahren, wie es Oliver erging, als er nach so langer Zeit zum ersten Mal wieder auf der Straße war, gilt es zu berichten, wie Fagin auf Olivers Verschwinden reagierte.

Mit einem Wort gesagt: entsetzt! Ja, er wollte Charly Bates und Jack Dawkins sogar an den Kragen, doch die beiden wehrten sich nach Kräften gegen den Alten, was diesen wiederum zu einem fürchterlichen Wutanfall reizte.

Gerade in diesem Moment tauchte jemand in dem Gauner-Versteck auf, den Fagin auf den Tod nicht ausstehen konnte. Dieser Jemand war ein etwa fünfunddreißigjähriger brutaler Obergauner, der stets mit einem bissigen Köter unterwegs war und der seit Jahren Geschäfte mit Fagin machte. Sein Name war Bill oder auch William Sikes, sein Lieblingsgetränk war Schnaps, und sein größter Wunsch war, dem Alten den Hals umzudrehen.

Mit einem Blick hatte Sikes erkannt, daß in dem Gaunernest von Fagin dicke Luft war.

»Was ist schiefgelaufen?« polterte er und hieb mit der Faust auf den Tisch.

Als er vom Verschwinden des Neuen erfahren hatte, warf er nur so mit Vorwürfen um sich, wünschte Fagin den Strick und verlangte, umgehend etwas zu unternehmen, um das Schlimmste abzuwenden:

»Wenn uns dieser Kerl verrät, sind wir alle aufgeflogen! Wir müssen mit allen Mitteln herausfinden, wo er untergetaucht ist.«

»Die Polizei hat ihn geschnappt!« wußten der »Master« und der »Gauner« zu berichten.

»Ein Spion muß zu den Bullen! Und dann sehen wir weiter«, bestimmte Fagin.

Wie gerufen kam in diesem Moment Nancy von einem Beutezug zurück. Wie ausgerechnet dieses Mädchen bei Fagin gelandet war, läßt einige Rätsel offen. Sie wirkte längst nicht so verschlagen und gemein wie die männlichen Mitglieder von Fagins Bande. Aber trotzdem war auch sie, als sie von Olivers Verschwinden erfuhr, bereit, ihm bei der Polizei und wo sonst auch immer nachzuschnüffeln.

Und so schlimm es auch war: Nancy war in den nächsten Tagen sehr erfolgreich. Auf der Polizeiwache erfuhr sie von Mr. Fang alles über die Vernehmung und die Entlassung von Oliver Twist. Das Haus von Mr. Brownlow ausfindig zu machen war das geringste Problem für die Bande. Nun galt es nur noch, Geduld zu haben. Irgendwann würde der kleine Verräter das Haus seines Beschützers schon verlassen. Man mußte es nur lang genug beschatten . . .

Und so kam es tatsächlich, wie es Mr. Grimwig dem guten Mr. Brownlow angekündigt hatte:

Oliver Twist kam nicht mehr nach Hause!

Mitten auf der Straße überfielen Bill Sikes und Nancy Oliver und wandten einen der gemeinsten Tricks an:

»Da bist du ja, mein Bruder!« rief Nancy.

»Wirst du wohl mit ihr heimgehen, Bub!« rief Sikes.

»Hilfe! Hilfe!« schrie Oliver.

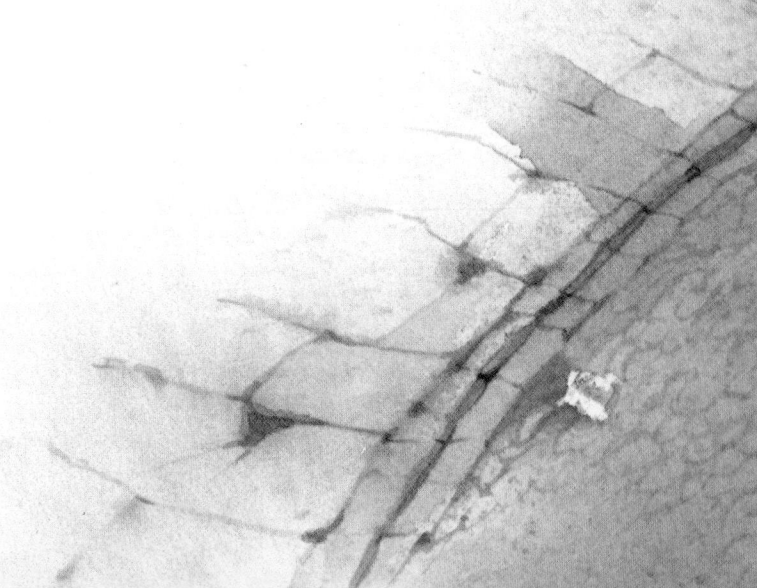

Da nützte kein Wehren und kein Wehklagen . . .
Jeder der Passanten verstand die Freude der liebevollen Schwester, die endlich ihren entlaufenen
Bruder wiedergefunden hatte!
Wie es Oliver erging, als er von seinen Entführern in
Fagins Versteck geschleppt wurde, muß man kaum
beschreiben: Charly Bates, der ewig Alberne, lachte
sich halbtot über die Aufmachung von Oliver. Die
anderen machten sich über seine Kleider her und
beförderten als erstes die Fünfpfundnote hervor.
»Her damit!« riefen Fagin und Bill Sikes fast gleichzeitig und begannen einen fürchterlichen Streit.

Das ist meine Chance! schoß es Oliver durch den
Kopf. Da auch die anderen im Raum ohne Ausnahme
der Auseinandersetzung zuschauten, rannte er einfach los und versuchte, ein weiteres Mal der Bande
zu entkommen. Doch vergeblich . . .
»Stierauge, faß ihn!« rief Sikes und wollte seinen
Hund hinter Oliver herhetzen.
»Bist du wahnsinnig!« schrie Nancy und machte sich
mit den anderen an die Verfolgung.
Man kann es gleich sagen: Oliver kam nicht weit,
und sein neues Gefängnis war ein winziger Raum
mit einer tristen Aussicht . . .

Jack Dawkins, der »Gauner«, stand daneben, rauchte wie üblich ein Pfeifchen, trank dazu den einen oder anderen Schluck Bier und machte sich hörbar Gedanken:

»Eigentlich find ich's richtig schade, daß er nicht zu uns Taschendieben gehört . . .«

»Na ja, er weiß eben nicht, was gut für ihn ist«, sagte Charly Bates und zog ebenfalls genüßlich an seiner Pfeife.

Da Oliver nicht auf die Bemerkungen reagierte, schwiegen auch Jack und Charly einige Zeit.

Dann versuchte es der »Gauner« auf eine andere Art: »Warum willst du eigentlich nicht für Fagin arbeiten?« fragte er Oliver.

»Und im Handumdrehen das große Glück machen«, fügte Charly hinzu.

»Und dann nur noch vom Vermögen leben und den reichen Maxe spielen . . .«

»Mir gefällt's nicht«, sagte Oliver nach einigem Zögern. »Ich . . . ich möchte lieber fort.«

»Aber Fagin möchte es lieber nicht«, sagte Charly mit seinem Grinsegesicht.

Der »Gauner« holte eine Handvoll Shilling- und Halbpennystücke aus der Hosentasche und hielt sie Oliver unter die Nase: »Guck mal hier! Ist das nicht ein angenehmes Leben? Wer fragt schon, wo's herkommt! Wenn du das Geklimper und die Taschentücher und die Uhren nicht nimmst, nimmt's eben ein anderer. Der Beklaute hat sowieso den Schaden, aber du hast ihn dann auch. Verstehste das nun endlich?«

Oliver verstand es und verstand es nicht. Es war alles so anders, als er bisher gedacht hatte, und das verwirrendste war, daß diese Jungen zwar eine große Klappe hatten, sonst aber nicht einmal unsympathisch waren.

Und je öfter sie oder Nancy Oliver ins Gespräch verwickelten, desto unsicherer wurde er.

Wie sollte er auch je aus diesem Haus entkommen, wenn er Tag und Nacht unter Aufsicht war? Und wie sollte er je zum Haus von Mr. Brownlow zurückfinden?

Mehrere Tage mußte Oliver allein und fast ohne Nahrung verbringen. Tieftraurig und mit schlechtem Gewissen dachte er an Mr. Brownlow.

Warum nur hatte er nicht besser aufgepaßt?

Warum nur hatte er überhaupt das Haus verlassen? Erst nach einer Woche war Olivers Gefangenschaft zu Ende, und er wurde von »Master« Bates zum Schuheputzen gerufen.

Der Einbruch

Die Zeit verging, es war immer noch tiefer Winter, und Oliver hatte immer noch keinen Schritt nach draußen tun dürfen.

In Fagins Geheimquartier ging es zu wie im Taubenschlag. Jede Nacht und manchmal auch über Tag waren die Jungen, Nancy und Betsy unterwegs, um nach einigen Stunden die mehr oder weniger reichliche Beute abzuliefern. Zum Lohn gab es Essen, das Fagin eigenhändig zubereitete. Und auch an Tabak und Alkoholischem mangelte es nie.

An manchen Tagen gab es, nicht zuletzt dank des Schnapses, Auseinandersetzungen. Und wenigstens einer wagte es einmal, dem Obergauner die Meinung zu sagen:

»Ich mußte für dich schon klauen, als ich noch ein Kind war!« schrie Nancy eines Abends, weil sich Fagin mal wieder als der große Boß aufspielte. »Seit zwölf Jahren mach ich das nun schon! Die kalten und die schmutzigen Straßen sind mein Zuhause. Und so bleibt es, bis ich sterbe . . . das seh ich schon. Und du bist der Mistkerl, der mich dazu zwingt!«

»Ich tu dir was an, Nancy!« schrie Fagin schier außer sich. »Sag so etwas nicht noch mal!«

An anderen Tagen wiederum ging es friedlicher zu. Da nahm sich Fagin manchmal Oliver beiseite und spielte den väterlichen Freund:

»Ich hab dich hier aufgenommen«, erklärte er dann mit einem aufmunternden Schulterklopfen. »Vergiß das nie! Und wenn du dich weiter so fügst, werden wir noch richtige Freunde.«

Oliver wagte in solchen Situationen nichts zu sagen. Er wußte, wie ausweglos seine Lage war. Und er hatte schon ein paarmal erlebt, zu welchen Grausamkeiten Fagin und erst recht sein Kompagnon Sikes fähig waren . . .

Letzterer hatte sich schon länger nicht blicken lassen, und es wurde gemunkelt, daß es nicht gut stand zwischen Fagin und seinem um viele Jahre jüngeren Kompagnon.

Mehr als einmal waren sich die beiden in die Haare geraten, nicht nur nach einem Trunk, und hatten sich gegenseitig das Schlimmste und Brutalste angedroht. Doch irgendwie waren die beiden offenbar aufeinander angewiesen, und Nancy, die sich mal bei Fagin und mal bei Sikes aufhielt, spielte notgedrungen die Vermittlerin.

Eines Nachts aber – es war lausig kalt, windig und neblig –, da schien Fagin Wichtiges mit Sikes zu besprechen zu haben. Denn ausnahmsweise war er es, der sich auf den Weg machte . . .

»Na, dann mal herein mit deinem Leichnam!« empfing Mr. William Sikes seinen Besuch, der zuvor höflich an die Tür geklopft hatte.

Fagin betrat den schäbigen Raum, in dem es kaum mehr als einen Schrank, drei schwere keulenförmige Knüttel und einen Totschläger über dem Kamin gab. Mit aller Höflichkeit begrüßte er Sikes, während ihm die Anwesenheit von Nancy nicht zu behagen schien.

»Keine Sorge, ich stör euch nicht!« sagte die junge Frau, als sie den beiden Männern etwas Kräftiges zu trinken brachte.

»Gut, dann laß uns zum Geschäft kommen«, sagte der Alte, »es geht um das Silbergeschirr in Chersey, Bill.«

Sikes tat so, als ob ihn dieses Geschäft nichts anginge, sprach über dieses und jenes und ließ Fagin lange zappeln. Doch schließlich – nach langer, zäher Verhandlung – war man sich einig: Gegen entsprechende Belohnung wollte Sikes diesen besonderen Coup in Angriff nehmen.

»Und wen bekomme ich als Helfer?«

»Oliver Twist«, erwiderte Fagin ohne Zögern.

Als Oliver am nächsten Morgen aufwachte, war er höchst überrascht: Vor seinem Lager stand ein Paar neue Schuhe mit dicken, festen Sohlen, und seine alten waren verschwunden.

Wollen sie mich freilassen? überlegte er kurz und wurde sogleich eines anderen belehrt:

»Heute abend wirst du abgeholt und zu Bill Sikes gebracht«, eröffnete ihm Fagin. »Ich möchte dir raten: sei vorsichtig! Bill ist ein roher Mensch. Und wenn er mal in Rage ist, scheut er auch kein Blutvergießen. Laß dir das gesagt sein!«

Spät am Abend erschien Nancy. Sie zitterte am gan-zen Körper und sah sehr mitgenommen aus. Kaum daß sie Fagin begrüßt hatte, drängte sie Oliver zur Eile: »Mach weiter, Bill wartet schon auf dich!«

Was haben sie nur mit mir vor? ging es Oliver unter-wegs durch den Kopf, und sein Herz schlug minde-stens doppelt so schnell wie normal.

Nancy schien seine Gedanken zu erraten. Liebevoll legte sie eine Hand auf Olivers Schulter, blieb ste-hen, blickte ängstlich um sich und sagte: »Es gibt im Augenblick keine Chance für dich, du bist Tag und Nacht bewacht. Ich tu für dich, was ich kann. Aber auch ich muß vorsichtig sein. Schau mal!«

Sie zeigte Oliver rote und blaue Flecken an ihrem Hals und an ihrem Arm. »So gehen sie mit uns um. Sei sehr vorsichtig!« flüsterte sie. »Und viel Glück, mein Junge!«

Kurz darauf waren die beiden bei Sikes, der schon voller Ungeduld wartete.

»Los, Kleiner!« fuhr er den verschreckten Oliver an. »Hau dich da in die Ecke! Wir müssen morgen früh raus!«

Oliver gehorchte. Obwohl er schon viele gemeine und rohe Menschen kennengelernt hatte – dieser Sikes war bei weitem der unangenehmste!

Natürlich konnte Oliver vor lauter Angst kaum ein Auge zutun. Doch was ihm nun bevorstand, übertraf alles bisher Erlebte:

Schon bei Morgengrauen weckte ihn Sikes, warf ihm einen Umhang um, steckte ihm eine Pistole, eine echte Pistole zu und machte sich mit ihm auf den Weg . . . Stunden und Stunden . . . bis sie weit außerhalb von London ein verkommenes Haus erreichten, in dem eine verkommene Gestalt schon ungeduldig auf sie wartete.

»Auf geht's!« befahl Sikes, und Oliver fühlte sich von zwei Seiten gepackt . . .

»Hast du alles dabei, Toby?« fragte Sikes, während sie im nächtlichen Nebel einem herrschaftlichen Haus entgegenstrebten.

»Knarre, Brecheisen ... alles dabei«, knurrte der, der sich Toby Crackit nannte. »Und der Kleine hier?«

»Einer von Fagins Jungen«, antwortete Sikes. »Ist der einzige, der durch das Fensterloch paßt, von dem du erzählt hast.«

»Mir soll's recht sein«, brummte Toby, der bunt wie ein Papagei gekleidet war, aber dessen Hände mindestens eine Woche kein Wasser mehr gesehen hatten. »Hauptsache, wir räumen die Bude aus. Barney und ich haben alles bestens ausspioniert. Da sollte nichts schiefgehen.«

Die drei hatten eine Mauer erreicht, die das Haus umgab, in dem sich Crackit offenbar bestens auskannte. »Hier, nimm das zur Stärkung!« Der Gauner hatte ein Fläschchen Branntwein aus seinem Mantel gezogen, den Korken entfernt und es Oliver vor die Nase gehalten.

»Ich ... ich trinke nicht«, stotterte Oliver, dem erst in letzter Minute richtig klargeworden war, an welch gefährlichem Unternehmen er hier teilnahm.

»Trink!« befahl Crackit und bekam sogleich Unterstützung von seinem Kompagnon:

»Gehorche, oder ich verstreu dein Gehirn hier im Gras!«

Sikes hielt eine Pistole direkt auf Oliver gerichtet. »Du tust jetzt genau, was wir dir sagen!«

Oliver merkte, daß seine Lage aussichtslos war: Diese beiden Verbrecher würden vor nichts zurückschrecken!

Mit letzter Kraft gelang es ihm, mit den zwei Männern über die Gartenmauer zu klettern, und Sekunden später stand er, mit kaltem Schweiß auf der Stirn, vor dem Haus, das wie ein dunkler Koloß vor ihm aufragte.

Wortlos machten sich die Einbrecher an die Arbeit. Mit größtem Geschick brachen sie einen Fensterladen aus den Angeln und entfernten mit den schweren Eisen, die sie unter dem Mantel verborgen hatten, in Windeseile einige Gitterstäbe.

»Wie für dich geschaffen!« flüsterte Sikes und reichte Oliver eine Laterne. »Hör genau zu, was du jetzt zu tun hast! Ich werde dich jetzt hier durch das Loch schieben. Dann schleichst du mit der Lampe, ohne einen Mucks von dir zu geben, die Treppe gleich vor dir hinauf, durchquerst eine Art Diele, gehst zur Haustür, machst alle Riegel auf und läßt uns rein. Verstanden?«

Oliver war unfähig, auch nur den Hauch eines Lautes von sich zu geben. Er zitterte am ganzen Körper, und in seinem Kopf drehte sich alles. Willenlos ließ er sich durch das schmale Fenster schieben, und mit einem Satz landete er samt Laterne in einer Art Küche oder Waschraum.

Oben am Fenster stand Sikes und fuchtelte mit seiner Pistole: »Siehst du die Treppe dort? Los, mach dich auf den Weg!«

Oliver wollte gerade losgehen, da erstarrte er vor Schreck: Knapp vor ihm wurde eine Tür aufgerissen, zwei seltsame Gestalten erschienen, ein Schuß peitschte durch das Dunkel, und die Stimme von Sikes ertönte in Panik:

»Komm! Schnell! Hierher!

Ich zieh dich raus!«

Geheimnisse

Bevor wir erfahren können, welch schreckliche Dinge sich jetzt auf dem Land ereigneten, gilt es zu berichten, was derweil an anderen Orten geschah:

Da geht es zunächst einmal um ein Geheimnis, das Mrs. Corney, die Vorsteherin des Armenhauses, erfuhr. Genaugenommen waren es sogar zwei:

Die alte Frau, die so gerne eine Dame gewesen wäre, saß an diesem Tag allein und ziemlich betrübt bei einem Täßchen Tee in ihrer Wohnung, als der Herr Gemeindediener, der uns wohlbekannte Mr. Bumble, zu Besuch kam. Mrs. Corney ließ sich nicht anmerken, wie glücklich sie über sein Erscheinen war, und auch Mr. Bumble überspielte mit vielen Worten sein Herzklopfen.

Man setzte sich zusammen, man sprach über dieses und jenes und vor allem über die nimmersatten Armen, und dabei rutschte der Gemeindediener mit seinem Stuhl der beleibten Mrs. Corney immer ein Stückchen näher.

Man trank ein Täßchen Tee, und man trank ein zweites, und je weiter das Gespräch fortschritt, um so einiger waren sich die beiden: »Finden Sie es nicht auch schlecht, wie man die Armen, die nicht bei uns im Haus hocken, unterstützt?« fragte Mrs. Corney aufgebracht.

»Ich bin ganz Ihrer Meinung«, antwortete Mr. Bumble. »Die einzige Lösung ist, daß man den Armen immer das gibt, was sie nicht brauchen. Dann werden sie es irgendwann müde, weiter zu betteln.«

Inzwischen war Mr. Bumble der Armenhausvorsteherin schon fast auf den Schoß gerückt.

»Entschuldigen Sie mich einen Augenblick, lieber Mr. Bumble!« entzog sich Mrs. Corney dem stürmischen Gast und verschwand aus dem Zimmer.

Sie ist einmalig süß! stellte der Gemeindediener zufrieden fest und begann, den Besitz von Mrs. Corney genauer unter die Lupe zu nehmen: Hier ein Milchkännchen, eine Zuckerzange und verschiedene Löffel aus Silber, dort ein paar Möbelstücke, in denen nicht einmal ein Holzwurm nagte, und in der Kommode gar eine Kassette, in der es sehr verlockend klimperte . . .

Die will ich und keine andere! beschloß Mr. Bumble, obwohl Mrs. Corney seit fünfundzwanzig Jahren Witwe war. Und als seine Auserwählte wieder im Raum war, rückte er der Frau tüchtig auf den Leib und flüsterte: »Ich liebe dich, meine Holde! Demnächst

wird Mr. Slout sterben, habe ich vom Doktor erfahren. Dann wird seine Stelle frei, und wir zwei können als Mann und Frau das Armenhaus leiten.«

Ausgerechnet in diesem Moment wurde Mrs. Corney an das Bett eines Sterbenden gerufen. Es war die alte Sally, die schon seit ewigen Zeiten Dienst im Armenhaus tat. Und jetzt, als sie kraftlos in ihrem Bett in einem eiskalten Raum lag und die Stimme ihr schon fast den Dienst versagte – da hatte sie das dringende Bedürfnis, ihrer Vorgesetzten ein Geheimnis anzuvertrauen:

»Es handelt sich um eine schöne Frau, die vor Jahren hier ein Kind gebar . . .«

»Wen meinst du?« wollte Mrs. Corney wissen.

»Ich hab sie bestohlen . . .«

»Was hast du ihr gestohlen?« drängte Mrs. Corney.

»Gold . . . an ihrem Hals«, stammelte die Sterbende. »Sie vertraute es mir an . . . zusammen mit den Worten: Wenn du meinem Kind hilfst und es ein paar Freunde findet, die es in dieser Welt voller Kummer und Sorgen beschützen, wird es sich vielleicht einmal später nicht mehr des Namens seiner Mutter schämen müssen . . .«

»Wie hieß dieses Kind?« drängte Mrs. Corney.

»Oliver«, sagte die alte Sally sterbend.

Es war dies nicht die letzte geheimnisvolle Begebenheit, die sich an jenen Tagen ereignete ... und es war der alte Fagin, der in die Angelegenheit verwickelt war: Eigentlich war der Obergauner bester Dinge. Seine Leute waren fleißig bei der Arbeit, und er mußte so gut wie keinen Finger krümmen. Sehnsüchtig wartete er auf eine besonders fette Beute ... das Silbergeschirr, das Toby Crackit, Bill Sikes und Oliver Twist aus dem Landhaus stehlen sollten.

Doch statt der Beute tauchte nur ein erschöpfter Toby mit zerrissener Jacke bei Fagin auf:

»Der Einbruch ist schiefgegangen«, berichtete er und bekam eine überraschende Antwort:

»Das weiß ich schon aus der Zeitung«, sagte Fagin. »Aber wo ist Oliver?«

»Den haben wir noch aus dem Haus mitgenommen«, erzählte Crackit, »nur auf der Flucht wurde es zu knapp. Da war sich jeder der Nächste, und wir mußten Oliver zurücklassen. Er war schwer verletzt, und wir haben ihn unterwegs abgelegt. Ich weiß nicht, ob er –«

Er brach ab, weil Fagin mit einem lauten Schrei aufgesprungen war, sich die Haare raufte und aus dem Zimmer stürzte.

Was mochte den Gauner so fürchterlich erregt haben? Weshalb sollte ihn, der mit niemandem Mitleid hatte, das Schicksal von Oliver so interessieren?

Jedenfalls war Fagin plötzlich in schierer Panik in London unterwegs: Als erstes trieb es ihn in das Wirtshaus »Die drei Krüppel«.

Dort, wo die übelsten Halunken herumlungerten, zog Fagin den Wirt beiseite und fragte: »Kommt *er* heute nacht her?«

»Meinen Sie Monks?«

»Ja«, flüsterte Fagin und schien schon bei Erwähnung des Namens das große Zittern zu bekommen.

»Er sollte schon längst hiersein«, erwiderte der Wirt.

»Bestellen Sie ihm, ich hätte nach ihm gefragt. Er möge mich so bald wie möglich aufsuchen.«

Mit diesen Worten war Fagin schon wieder davon. Noch eiliger als zuvor steuerte er sein nächstes Ziel an: die Wohnung von Bill Sikes.

»Er ist nicht hier«, lallte eine junge Frauenstimme, kaum hatte Fagin die Absteige seines Partners betreten.

Nancy saß sturzbetrunken und mit zotteligem Haar am Tisch. Ihr Gesicht war von Verzweiflung gezeichnet, und Tränen rannen über ihre Wangen.

»Stell dir vor, Nancy: Sie haben den Jungen unterwegs einfach liegengelassen«, sagte Fagin und blickte mißtrauisch um sich.

»Hoffentlich ist er tot!« lallte Nancy. »Ich kann ihn nicht mehr ertragen! Durch ihn sehe ich, was ihr mit mir und uns allen gemacht habt!«

»Du redest irre!« schrie Fagin. »Sorge lieber dafür, daß Sikes von der Bildfläche verschwindet. Tu es gleich, wenn er kommt, sonst ist es auch für dich zu spät. Ist dir das klar!?«

»Ich ... verstehe ... nicht«, stöhnte Nancy und verbarg ihr Gesicht in den Händen.

»Ich kann's dir erklären!« schrie Fagin fast außer sich. »Der Junge ist mir viele hundert Pfund wert. Soll ich mir etwa diesen Gewinn einfach so nehmen lassen? Soll ich mich etwa an den geborenen Teufel binden, der die Macht hat, mich ...«

Fagin hielt plötzlich inne. Er hatte gemerkt, daß ihm die Nerven durchgegangen waren und ein großes Geheimnis auf seiner Zunge gelegen hatte. Ohne sich weiter um Nancy zu kümmern, verließ er das Zimmer und eilte nach Hause ...

Es war fast Mitternacht, als Fagin sein Geheimquartier erreichte. Er wollte gerade die Tür aufschließen – da trat eine dunkle Gestalt aus dem Schatten des gegenüberliegenden Hauses, überquerte hastig die Straße und trat hinter ihn.

»Fagin!« flüsterte eine Stimme dicht an seinem Ohr. »Ich warte schon zwei Stunden auf dich. Wo zum Teufel treibst du dich herum?«

»Ich bin mit deinen Angelegenheiten beschäftigt, mein Lieber«, erwiderte Fagin leise, und seine Stimme zitterte ein wenig. »Komm nach oben!«

Die beiden gingen ins Haus, stiegen die Treppe hinauf und betraten Fagins Unterschlupf.

»Laß die Tür offen!« sagte der alte Gauner zu seinem seltsamen Besucher. »Dann hören wir, falls jemand kommt.«

Die beiden gingen in Fagins Zimmer, der Alte zündete eine Kerze an, und ein überaus bedeutsames Gespräch begann:

Fagin erzählte seinem Gast ausführlich von dem mißlungenen Coup auf dem Land und von dem ungewissen Schicksal Olivers. Das versetzte den Unbekannten, den Fagin mit Monks ansprach, in Ärger: »Hättest du ihn bei dir gehalten wie verabredet, wäre er irgendwann abgerichtet gewesen, wäre vielleicht geschnappt worden und für immer von der Bildfläche verschwunden.«

»Und was hätte ich davon gehabt?« fragte Fagin. »Sei froh, daß du ihn überhaupt gefunden hast! Das verdankst du allein mir.«

Das Gespräch schien von größter Bedeutung für den Fremden zu sein, denn er war mindestens so aufgeregt wie Fagin: »Und wie geht's jetzt weiter?« fragte er ungeduldig.

»Probleme, Probleme«, sagte Fagin und wiegte den Kopf. »Falls Oliver zurückkommt, ist da diese Nancy, die den Jungen aus irgendeinem Grund ins Herz geschlossen hat. Und falls er tot ist . . .«

». . . dann bin ich nicht schuld!« rief Monks erregt. »Alles, nur nicht sein Tod, nur kein Blutvergießen – das hab ich von Anfang an gesagt, Fagin! Das weißt du genau, oder? Hol der Teufel diese verdammte Bude! Was ist da los?«

»Was?« schrie Fagin und hielt Monks, der aufspringen wollte, mit beiden Händen fest.

»Da!« rief Monks und starrte auf die gegenüberliegende Wand. »Der Schatten! Ich hab den Schatten einer Frau gesehen!«

Fagin blickte verwirrt von Monks zur Wand und von da zur offenstehenden Tür.

»Es kann niemand hier sein«, beruhigte er seinen Gast, der heftig zu zittern begann und mit hektischen Blicken um sich sah. »Die einen sind unterwegs, und die anderen sind unten eingesperrt«, fügte Fagin hinzu.

Trotzdem war er beunruhigt. Das Zimmer war nur durch die flackernde Kerze beleuchtet, und es gehörte nicht viel dazu, sich irgendwelche Schattengestalten auszumalen, die an den Wänden entlangschlichen und die beiden Männer belauschten.

Fagin nahm den Kerzenständer, ging zur Tür und horchte nach draußen.

»Es war nur deine Einbildung«, sagte er und blickte in das bleiche Gesicht seines Gastes.

»Ich kann schwören, daß ich's gesehen habe«, sagte Monks mit zitternder Stimme. »Erst beugte es sich nach vorn. Und als ich was sagte, eilte es davon.«

»Wir können überall nachschauen«, schlug Fagin vor und trat erneut zur Tür.

Zögernd folgte Monks.

Nur zu gerne hätte er seine Angst nicht gezeigt – doch irgendetwas schien ihn zutiefst erschüttert zu haben, und es war ihm offensichtlich nicht möglich, seine Gefühle zu überspielen.

Der alte Fuchs Fagin spürte natürlich genau, was in Monks vorging. Voller Verachtung musterte er die düstere Gestalt mit dem bleichen Gesicht und sagte: »Komm endlich, du Feigling!«

Monks schluckte die Frechheit von Fagin und folgte dem Alten durch das unbeschreiblich heruntergekommene Haus, das früher einmal – wie so viele Gebäude in dieser Gegend – von ordentlichen und ehrsamen Leuten bewohnt gewesen war, nun aber in jedem Winkel nach seinen derzeitigen Bewohnern roch und aussah. Selbst Fagin begann es zu gruseln, als Monks darauf bestand, sogar in den Keller zu gehen: Hier waren die Wände von grünem Schimmel überzogen, und da und dort glitzerten die Spuren von Schnecken im Licht der Kerze . . .

»Ich war mir ganz sicher . . . ich weiß nicht . . .« murmelte Monks, nachdem sie das Haus von oben bis unten abgesucht hatten. »Der Fall ist für mich noch nicht erledigt. Gib mir umgehend Nachricht, wenn du was von Oliver hörst!«

Ohne den verunsicherten Alten eines weiteren Blickes zu würdigen, verschwand die düstere Gestalt im Dunkel der Nacht.

Dem armen Oliver ging es – das muß hier dringend berichtet werden – zu dieser Zeit sehr, sehr schlecht. Wir haben erfahren, daß die Einbrecher von zwei Bewohnern des Herrschaftshauses überrascht wurden und daß auf Oliver geschossen wurde. Tatsächlich traf ihn auch eine Kugel am Arm, und nur mit letzter Kraft gelang es ihm, das Kellerfenster zu erreichen. Und nur, weil die Bewohner selber in Angst und Schrecken waren, hatten Sikes und Crackit Zeit, Oliver wieder zu sich hochzuziehen und die Flucht zu ergreifen.

Kaum aber hatten sie den Garten durchquert, wurde im ganzen Haus Alarm geschlagen. Hundegebell ertönte, und die Verfolgungsjagd begann. Sikes hatte sich den blutenden Oliver über die Schulter geworfen und versuchte vergeblich, mit dem vorauseilenden Crackit Schritt zu halten.

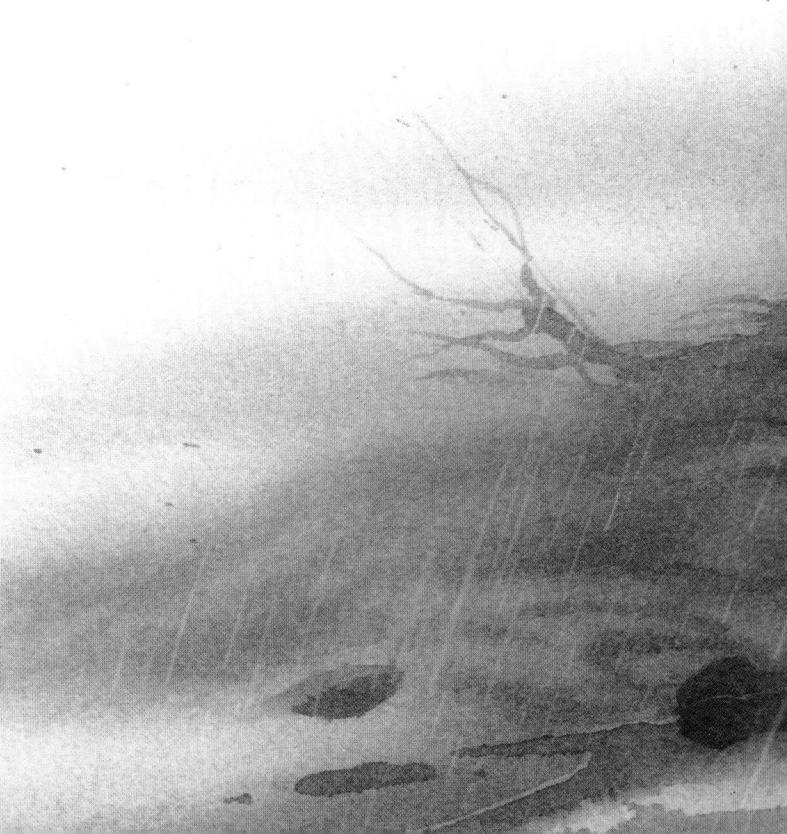

»Halt, du feiger Hund!« rief er seinem Kompagnon keuchend nach. »Wartest du wohl auf mich!« Aber Toby Crackit kam nur ein paar Schritte zurück.

»Hilf mir mit dem Jungen!« rief Sikes und winkte Crackit wütend zu sich. »Los, schnell!«

Der jedoch blieb auf Sicherheitsabstand.

Nur zu genau wußte er, wie unberechenbar Sikes war und daß er im Notfall vor nichts zurückschrecken würde.

In diesem Moment ertönten laute Rufe, Hunde kläfften, die Verfolger schienen – zwar immer noch verborgen von Dunkelheit und Nebel – den dreien auf der Spur . . .

»Es ist aus, Bill!« rief Toby. »Laß den Jungen fallen und mach dich fort!« Mit den letzten Worten drehte er sich um und nahm Reißaus, bevor Sikes vielleicht auf die Idee kam, die Waffe auf ihn zu richten . . .

Bill Sikes knirschte mit den Zähnen. Er ließ Oliver von seinem Rücken auf den harten Boden gleiten, blickte hektisch um sich und breitete, so gut es ging, den Umhang über den Jungen. Dann rannte er quer über das Feld, blieb kurz stehen und schoß einmal in die Luft. Daraufhin rannte er den gleichen Weg wieder zurück und trat die Flucht in die entgegengesetzte Richtung an.

Die Verfolger taten genau das, was Sikes beabsichtigt hatte. Sie orientierten sich allesamt in die Richtung, wo der Schuß gefallen war, suchten eine ganze Zeit die nähere Umgebung ab und zogen sich dann nicht gerade ungern wieder ins Haus zurück.

Denn, so argwöhnten sie: Nur zu leicht konnten sie in der Dunkelheit in einen Hinterhalt geraten . . .

Und Oliver? Er lag bewußtlos in der Kälte, und niemand kümmerte sich um ihn.

Neue Hoffnung für Oliver

Wie ging es weiter, nachdem die Einbrecher nicht erwischt worden waren?

Sehr einfach: Die Verfolger kehrten erschöpft in das Landhaus zurück und schienen heilfroh, nicht weiter draußen im Nebel den gefährlichen Einbrechern nachzulaufen. Man – das heißt, der Haus- und Kellermeister Mr. Giles, der Hausdiener Brittles und ein Kesselflicker, der zufällig im Haus übernachtet hatte – traf sich bei Tee und allerlei Eßbarem in der Küche. Und voller Stolz erzählte Mr. Giles der Köchin und dem Hausmädchen, wie heldenhaft man das nächtliche Abenteuer bestanden hatte.

»Es war gegen halb drei«, erklärte er, »da wachte ich auf und hörte Geräusche.«

»Was für Geräusche?« fragten die Köchin und das Hausmädchen gleichzeitig und rückten mit ihren Stühlen näher zusammen.

»Eine Art Krachen«, antwortete Mr. Giles.

»So, wie wenn einer mit einer Eisenstange über eine Muskatnußreibe –« ergänzte Brittles.

»Das war erst später«, unterbrach Giles seinen Untergebenen mit verärgertem Gesicht. »Erst einmal saß ich im Bett und lauschte angestrengt.«

»Meine Güte!« sagte die Köchin und wartete ungeduldig, daß Mr. Giles weitererzählte.

»Mein erster Gedanke war: Ich muß zu Brittles, damit er nicht in seinem Bett ermordet wird. Ich schleuderte die Decke weg, stieg so schnell und leise aus dem Bett wie nur eben möglich, zog mir das Nötigste über, ergriff die Pistole und schlich zu Brittles. Ich weckte ihn und sagte ihm: ›Ich glaube, wir sind des Todes!‹«

»Ich glaube, ich wäre auf der Stelle gestorben!« sagte die Haushälterin mit blassen Lippen.

»Sie sind eine Frau«, warf Brittles ein.

»Aber wir sind Männer«, nahm Mr. Giles den Faden auf, »wir nahmen eine Laterne und schlichen durch das Treppenhaus, um –«

Im selben Moment zuckte Mr. Giles zusammen und schwieg. Käseweiß blickte er nach oben und sagte: »Es hat geklopft.«

Alle Anwesenden blickten verstört umher und gaben keinen Laut von sich.

»Jemand muß die Tür öffnen«, flüsterte Mr. Giles. Keiner reagierte.

»Nicht schweigen!« flüsterte Mr. Giles flehentlich. »Wir müssen alle ganz laut durcheinander reden.«

Die anderen brachten kein Wort heraus.

»Wir machen am besten alle zusammen auf«, schlug Brittles vor und rief nach den Hunden.

Daraufhin begab sich die ganze Belegschaft des Hauses schlotternd zur Eingangstür und konnte nicht fassen, was sie zu sehen bekam.

»Ja, wen haben wir denn da?«

rief Mr. Giles und war noch immer ganz bleich im Gesicht.

»Ein Junge!« rief eine der Frauen und schlug die Hände zusammen.

»Einer der Diebe!« rief Brittles ganz außer sich und drängte sich nach vorn.

Mr. Giles packte den Jungen, der niemand anderer war als Oliver, an Arm und Bein und zog den Erschöpften in den Flur, wo er reglos und immer noch aus seiner Wunde blutend liegen blieb.

»Gnädiges Fräulein! Gnädiges Fräulein!« rief Mr. Giles ganz außer sich. »Wir haben einen der Diebe gefangen!«

Es dauerte einige Zeit, bis im oberen Stockwerk Schritte ertönten und eine sanfte junge Stimme antwortete:

»Psst! Nicht so laut! Ihr erschreckt meine Tante noch genauso wie die Diebe! Ist der Arme schwer verletzt?«

»Sehr schwer, gnädiges Fräulein. Sehr schwer!« rief Giles.

»Es sieht ganz so aus, als ginge es mit ihm zu Ende«, fügte Brittles hinzu. »Wollen Sie ihn nicht mal anschauen?«

»Ich muß mich erst mit meiner Tante besprechen«, rief die sanfte Stimme.

Und sogleich hörte man oben wieder Schritte und das Öffnen einer Tür.

Die Bediensteten standen eine Zeitlang ratlos da und betrachteten Oliver, der mit geschlossenen Augen immer noch reglos vor ihnen lag wie ein seltenes Tier. Niemand wagte etwas zu sagen, bis von oben erneut die sanfte Stimme erklang:

»Tragt den Verwundeten mit aller Vorsicht in das Zimmer von Mr. Giles! Brittles sattelt das Pferd und reitet umgehend in den Ort, um dort den Arzt und einen Polizisten zu benachrichtigen.«

»Aber wollen Sie ihn nicht wenigstens vorher einmal besichtigen, gnädiges Fräulein?« rief Mr. Giles.

»Nein, jetzt nicht«, antwortete die Stimme. »Geht bitte sehr vorsichtig um mit dem Mann! Ich werde mich gleich um ihn kümmern.«

Wenig später lag der »Mann« in einem feinen Bett.
Und kurz darauf traf auch schon Doktor Losberne,
der Wundarzt aus dem Nachbardorf, ein, um den
Fremden zu verarzten. Erst jetzt wagten sich Mrs.
Maylie, die Besitzerin des Hauses, und Rose, ihre
Nichte, in das Krankenzimmer.
Und sie waren außer sich vor Überraschung, welch
zartes, junges Wesen – in tiefen, tiefen Schlaf ver-
sunken – hier vor ihnen lag.

Ganz sanft streichelte Rose über den Kopf des Jungen, und zutiefst gerührt sagte die Dame des Hauses: »Ich verstehe das alles nicht ... Dieses arme Kind kann doch nie und nimmer ein Einbrecher sein!«

»Da bin ich ganz anderer Ansicht, meine Dame«, widersprach der Doktor. »Verbrechen und Tod machen vor niemandem halt. Oft sind gerade die Jüngsten und Schönsten die Opfer von Verführung und Erpressung.«

»Nein, nein, das glaub ich nicht!« sagte Rose leise, aber mit aller Entschiedenheit. Dabei konnte sie kaum den Blick von Oliver wenden, und nur sehr unwillig befolgte sie die Aufforderung des Arztes, den Verletzten alleine ruhen zu lassen.

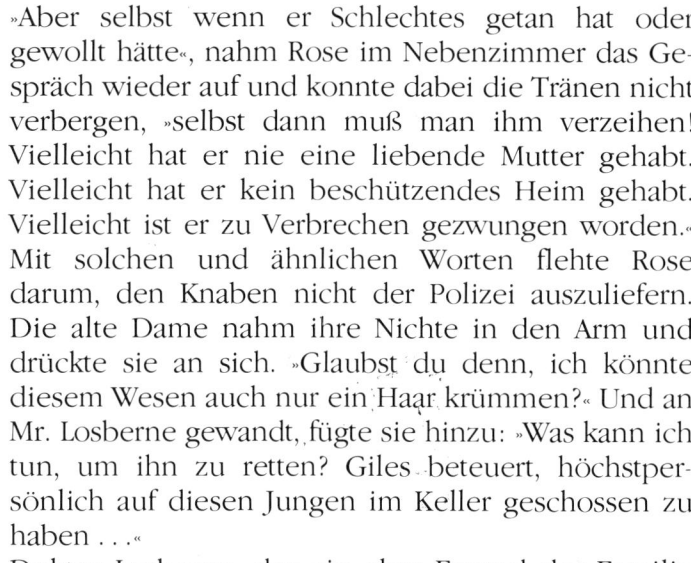

»Aber selbst wenn er Schlechtes getan hat oder gewollt hätte«, nahm Rose im Nebenzimmer das Gespräch wieder auf und konnte dabei die Tränen nicht verbergen, »selbst dann muß man ihm verzeihen! Vielleicht hat er nie eine liebende Mutter gehabt. Vielleicht hat er kein beschützendes Heim gehabt. Vielleicht ist er zu Verbrechen gezwungen worden.« Mit solchen und ähnlichen Worten flehte Rose darum, den Knaben nicht der Polizei auszuliefern. Die alte Dame nahm ihre Nichte in den Arm und drückte sie an sich. »Glaubst du denn, ich könnte diesem Wesen auch nur ein Haar krümmen?« Und an Mr. Losberne gewandt, fügte sie hinzu: »Was kann ich tun, um ihn zu retten? Giles beteuert, höchstpersönlich auf diesen Jungen im Keller geschossen zu haben ...«

Doktor Losberne, der ein alter Freund der Familie war, schmunzelte: »Wenn Sie mir freie Hand geben, gnädige Frau, werde ich Ihren treuen Diener Giles und den kleinen Brittles ein bißchen austricksen. Einverstanden?«

»Sofern es keinen anderen Weg gibt, den Jungen zu retten ...« nickte Mrs. Maylie bedrückt.

»O bitte, Doktor, tun Sie es!« flehte Rose Mr. Losberne an. Dabei hatte sie im Geiste das zarte Gesicht von Oliver vor Augen, und sie wußte beim besten Willen nicht, weshalb ihr das Schicksal dieses Jungen so sehr am Herzen lag.

Man kann es kurz machen: Dr. Losberne tat sein Bestes, um Oliver Twist vor dem Schlimmsten zu bewahren.

Als die Polizei erschien, um in Sachen Einbruch zu ermitteln, schaltete sich der Arzt in das Verhör von Mr. Giles und Brittles ein: »Meine Herren, mir kann keiner weismachen, daß dieser zarte kranke Junge da oben ein geborener Verbrecher ist. Nur weil er durch einen dummen Jagdunfall am Arm verletzt wurde und in diesem Haus bescheiden um Hilfe bat, kann man ihn doch nicht zu einem Verbrecher stempeln. Wollen Sie das wirklich auf sich nehmen, Mr. Giles?« Der Hausmeister schüttelte den Kopf, und Oliver war fürs erste gerettet.

Es dauerte eine lange Zeit, bis sich Oliver von seiner Verletzung und den Strapazen erholt hatte. Mehrere Tage hatte er hohes Fieber. Traum und Wirklichkeit vermischten sich, und er konnte kaum begreifen, daß nicht mehr Fagin, Sikes und die anderen Ganoven um ihn herum waren, sondern zwei weibliche Wesen, die ihm jeden Wunsch von den Lippen abzulesen versuchten. Vor allem die sanfte Rose wich kaum von seinem Bett, und sie war es auch, der Oliver sein Herz ausschüttete: Er erzählte, wie er einst im Armenhaus leben mußte, weil seine Mutter bei der Geburt gestorben war ... wie er bei dem Sargschreiner und Leichenbestatter Sowerberry gelandet war und von dessen Gehilfen Noah Claypole gequält wurde ... wie er eines Tages die Flucht ergriffen und diesen seltsamen Jack Dawkins getroffen hatte. Er berichtete von den Tricks und den Gemeinheiten der Gaunerbande ... von seinem Glück, durch einen reichen Herrn für kurze Zeit gerettet zu werden ... von dem Überfall durch Nancy, dem düsteren Verlies und der ständigen Bewachung ... Und schließlich erzählte er auch ganz wahrheitsgetreu von dem Einbruch, zu dem ihn Sikes und Toby Crackit gezwungen hatten ...

Rose hörte sich diese spannende und traurige Lebensgeschichte geduldig und voller Mitgefühl an. Ein ums andere Mal kamen ihr die Tränen über so viel Leid, das den Menschen und vor allem Oliver angetan wurde. Und längst war ein unumstößlicher Entschluß gefaßt: Rose wollte alles tun, um Oliver in Zukunft zu einem schöneren Leben zu verhelfen.

Eines Morgens, als Oliver wieder einigermaßen bei Kräften war und sich voller Staunen in Mrs. Maylies Haus umsah, machte ihm Rose einen Vorschlag:

»Hör zu, Oliver! Meine Tante und ich wollen in Begleitung von Doktor Losberne eine Vergnügungsfahrt machen. Kommst du mit?«

Wenn Oliver geahnt hätte, welche Aufregungen dieser Ausflug mit sich bringen würde, so hätte er wahrscheinlich darauf verzichtet. So aber sagte er dankbar »ja« und saß schon am folgenden Tag in einer Reisekutsche ...

Doch wie schon so oft in Olivers Leben ... auch dieses Mal sorgte das Schicksal für Zufälle, die für mindestens zehn Menschenleben gereicht hätten.

Die Reisegesellschaft war noch gar nicht weit unterwegs, da glaubte Oliver nicht recht zu sehen: »Da hinten! Da ist das Haus, wo dieser Bill Sikes seinen Kumpanen abgeholt hat!«

Doktor Lesborne, der immer noch Zweifel an Olivers Erzählungen hatte, ließ den Kutscher anhalten.

»Du brauchst keine Angst zu haben«, erklärte er Oliver. »Die Bude werden wir mal genauer inspizieren.«

Doch welche Überraschung: Nichts mehr war so, wie es Oliver in Erinnerung hatte! Kaum ein Möbelstück stand im Haus, dafür beschwerte sich ein kleines buckliges Männchen lauthals über den unangemeldeten Besuch!

»Dann werde ich Ihnen ein anderes Haus zeigen, wo ich gewesen bin!« schlug Oliver vor.

Aber auch dieses Mal – nach einer weiten Fahrt bis in die feinsten Wohngebiete von London – hatte Oliver Pech:

»Mr. Brownlow, sein Freund Grimwig und seine Haushälterin sind nach Westindien gereist. Das Haus steht zur Miete frei«, hieß es. Oliver war zutiefst enttäuscht: Nur zu gerne hätte er Mr. Brownlow erklärt, warum er damals mit der Fünfpfundnote auf Nimmerwiedersehen verschwunden war ...

Eine schreckliche Begegnung

Die Zeit verging wie im Fluge, der Sommer kam, und Oliver hatte sich längst von seiner Verletzung und seinen langen Entbehrungen erholt.

Mrs. Maylie und Rose kümmerten sich rührend um ihn, hatten ihn in schöne Kleider gesteckt und genossen es zu sehen, wie Oliver mit jedem Tag vergnügter wurde.

»Was hältst du davon, wenn wir einige Wochen aufs Land reisen?« schlug Mrs. Maylie eines Tages ihrem Schützling vor.

Oliver war begeistert. Die Koffer wurden gepackt. Eine Kutsche wurde bestellt. Mr. Giles bekam den Auftrag, das Haus zu bewachen. Und schon waren Mrs. Maylie, Rose und Oliver unterwegs.

Der Ort, an dem Mrs. Maylie ein Landhaus besaß, war ein bezauberndes und romantisches Fleckchen Erde. Noch nie in seinem Leben hatte sich Oliver so wohl gefühlt. Fast den ganzen Tag konnte er im Freien verbringen, die Umgebung erkunden oder zusammen mit Rose und ihrer Tante Ausflüge machen. Dabei war es vor allem ein verwunschener Friedhof, der Oliver immer wieder anlockte. Dort ging er zwischen den moosbewachsenen Grabsteinen umher und dachte an seine Mutter, die irgendwo in einem armseligen Grab lag . . .

Kamen dann Rose und Mrs. Maylie, um den Spaziergang fortzusetzen, so hatte Oliver schnell eine Träne fortgewischt und sagte nichts von dem, was ihn bewegte . . .

So vergingen die Tage, und die Erinnerung an sein
früheres Leben fiel Oliver immer schwerer. Inzwischen hatte ihm Mrs. Maylie einen richtigen Lehrer
besorgt, der ihm besser Lesen und Schreiben bei-
brachte und der ihm Aufgaben stellte, die er ganz
alleine erledigen mußte. Dabei interessierte sich
Oliver besonders für alles, was mit der Natur zu tun
hatte. Besonders gern ließ er sich Arbeiten geben,
die im Garten verrichtet werden mußten. Abends traf
er sich dann mit Mrs. Maylie und Rose zu einer
gemütlichen Mahlzeit. Die alte Dame erzählte aus
ihrem Leben oder las aus einem ihrer Lieblings-
bücher vor. Und manchmal war es auch Oliver, der
erzählen wollte . . . von Mr. Bumble, von Sowerberry
oder auch von Fagin.

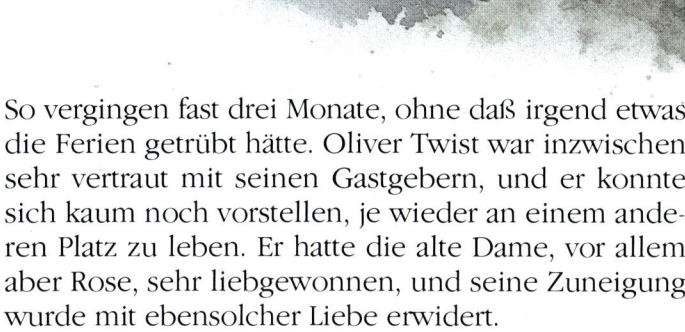

Am allerliebsten aber hatte er es, wenn sich Rose an
den Flügel setzte und ihm etwas vorspielte. Dabei
neckte er dann die Hauskatze oder malte sich aus,
wie sein Leben wohl aussehen würde, wenn er später
einmal erwachsen wäre . . .

So vergingen fast drei Monate, ohne daß irgend etwas
die Ferien getrübt hätte. Oliver Twist war inzwischen
sehr vertraut mit seinen Gastgebern, und er konnte
sich kaum noch vorstellen, je wieder an einem anderen Platz zu leben. Er hatte die alte Dame, vor allem
aber Rose, sehr liebgewonnen, und seine Zuneigung
wurde mit ebensolcher Liebe erwidert.

Man hätte denken können, daß all das Unglück, das
Oliver über viele Jahre erfahren hatte, nun mit eben-
solchem Glück vergolten werden sollte.

Doch dann, eines Abends, betrachtete Mrs. Maylie
ihre Nichte mit sorgenvoller Miene: »Rose, was ist
mit dir? Du bist ja ganz blaß!«

»Mir ist schon den ganzen Tag nicht wohl«, sagte
Rose mit noch sanfterer und leiserer Stimme als
sonst. »Ich glaube, ich gehe gleich zu Bett.«

In der Nacht hörte Oliver, wie Mrs. Maylie immer
wieder durchs Haus ging, und am Morgen stand es
fest: Rose war schwer erkrankt, hatte hohes Fieber
und brauchte dringend Hilfe!

Obwohl Oliver fast jede Art von Leid schon in seinem Leben mitbekommen hatte – noch nie zuvor

hatte er sich solche Sorgen um einen Menschen gemacht. »Wird sie auch wieder gesund werden?« fragte er voller Angst Mrs. Maylie, nachdem der Dorfarzt Rose untersucht hatte.

»Wir wissen es nicht«, sagte die alte Dame. »Rose ist von einem rätselhaften Virus befallen und hat hohes Fieber. Ich habe Doktor Losberne geschrieben. Er muß so schnell wie möglich kommen. Er ist der einzige, zu dem ich echtes Vertrauen habe.«

»Darf ich den Brief ins Dorf bringen?« bat Oliver. »Ich werde mich beeilen, sosehr ich nur kann!«

»Du bist ein guter Junge«, sagte Mrs. Maylie und streichelte Oliver zärtlich über den Kopf. »Gib den Brief bitte im Gasthaus ab. Sage, er müsse sofort durch einen reitenden Boten zu Doktor Losberne befördert werden. Hier ist meine Geldbörse. Ich bin sicher, daß ich mich auf dich verlassen kann.«

Oliver nahm das Geld an sich und machte sich umgehend auf den Weg. Er lief quer über die Felder, machte keinen Augenblick halt, rannte, wo er den Weg abkürzen konnte, sogar durch das hohe, in voller Reife stehende Korn und stand schließlich erschöpft und staubbedeckt auf dem kleinen Marktplatz des Dorfes.

Obwohl er mit Mrs. Maylie und Rose schon öfter auf diesem Platz gewesen war, mußte er sich vor lauter Aufregung erst einmal zurechtfinden: Hier stand ein weißes Pfandhaus, dort die rote Brauerei, daneben das gelbe Rathaus und dann, etwas versteckt in einer Gasse, entdeckte er ein großes Haus mit dem Schild »Zum Georg«.

Immer noch außer Atem, rannte er zu dem Gasthaus, in dessen Toreinfahrt ein vor sich hin dösender Postbote saß. Oliver sprach ihn an und wurde zu einem Hausknecht geschickt. Der wiederum schickte ihn weiter zum Gastwirt. Und der wiederum hatte nichts Besseres zu tun, als in aller Gemütsruhe bei seinen Gästen abzukassieren, um dann endlich Olivers Begehren anzuhören.

»Sie ist todkrank!« sagte Oliver aufgeregt und übergab ihm den Brief. »Es kommt auf jede Minute an!«

»Hab schon verstanden, Junge«, erklärte der Wirt. »Aber keiner kann hexen!«

Dann wurde in aller Gemütlichkeit ein Bote beauftragt, ein Pferd gesattelt, ein Päckchen gepackt, die Rechnung geschrieben, der Brief ausgehändigt, und endlich, endlich – als sich Oliver am liebsten selber aufs Pferd geschwungen hätte – war der Mann mit der Botschaft unterwegs!

Erleichtert verließ Oliver das Gasthaus, um sofort und auf schnellstem Weg zu Mrs. Maylie zurückzukehren. Er ging quer über den Hof und ... stieß unversehens mit einem großen Mann zusammen, der in einen weiten Mantel gehüllt war und einen riesigen Hut tief in sein Gesicht gezogen hatte.

»He!« rief der Mann, sah Oliver scharf an und fuhr plötzlich zurück. »Was zum Teufel ist denn das?«

»Verzeihung, Sir«, stammelte Oliver, »ich habe Sie nicht gesehen. Ich war so in Eile, um schnell nach Hause zu kommen . . .«

»Tod und Teufel!« murmelte der Mann und starrte Oliver aus seinen großen dunklen Augen an. »Wo kommt der Kerl jetzt auf einmal her? Zur Hölle mit ihm!«

»Es tut mir wirklich leid«, sagte Oliver, höchst verwirrt von dem wilden Blick des Fremden. »Ich hab Ihnen hoffentlich nicht weh getan?«

»Der Henker soll dich holen!« murmelte der seltsame Mann mit zusammengebissenen Zähnen. »Hätte ich doch den Mut gehabt, das eine Wort auszusprechen . . . ich wäre dich in einer Nacht losgeworden. Fluch und Pest über dich, du Wicht! Was in Teufels Namen hast du hier zu schaffen?«

Der Fremde ging auf Oliver zu, holte aus . . .

... und fing im selben Augenblick an zu röcheln, torkelte hin und her, sackte in sich zusammen und lag hilflos und mit Schaum vor dem Mund vor Olivers Füßen.

Oliver starrte einen Moment auf den offenbar Wahnsinnigen, der am ganzen Körper zitterte. Dann rannte er ins Gasthaus, um Hilfe zu holen. Und erst nachdem man den Mann ins Haus geschafft hatte, wurde ihm so richtig klar, was passiert war.

Wer war dieser Fremde? Was für irres Zeug hatte er da von sich gegeben?

Oliver rannte den Rückweg zum Landhaus mindestens so schnell wie den Hinweg. Nur zu gerne hätte er zugleich von dem seltsamen Vorfall im Dorf erzählt. Aber im Haus herrschte eine solch bedrückte Stimmung – da mochte Oliver nicht noch mehr Unruhe schaffen. Mit sorgenvoller Miene teilte ihm Mrs. Maylie mit, daß der Zustand von Rose sehr kritisch sei. Zwar weile der Dorfarzt die ganze Zeit am Bett der Kranken, doch scheine jede Hilfe zu spät zu kommen.

Es wurde Abend, und Oliver saß allein in seinem Zimmer. Still für sich betete er, daß Rose wieder gesund werde. In der Nacht tat Oliver kein Auge zu. Inständig hoffte er, Doktor Losberne möge so schnell wie möglich eintreffen und Rose ein Wundermittel einflößen ...

Aber es dauerte bis zum nächsten Abend – da fuhr eine Kutsche vor, und Mrs. Maylie begrüßte mit Tränen in den Augen den Freund der Familie.

Der junge Arzt aus dem Dorf nahm den Doktor beiseite und schilderte ihm den Zustand der Patientin. »Es besteht kaum Hoffnung«, war das einzige, was Oliver hörte.

Der Junge hielt es nicht mehr aus. Er schlich aus dem Haus und ging den langen Weg bis zum Friedhof, um mit seinen Ängsten ganz allein zu sein. Irgendwo oberhalb der Grabsteine setzte er sich auf einen Hügel, weinte und betete erneut wortlos für Roses Rettung ...

»Es geht ihr etwas besser«, erfuhr Oliver, als er bei Einbruch der Dunkelheit nach Hause kam.

Man kann es vorwegnehmen: Alles Bangen und Beten und die große Erfahrung von Doktor Losberne halfen Rose, wieder auf die Beine zu kommen. Es dauerte zwar etliche Tage, bis das zarte Wesen wieder einigermaßen bei Kräften war. Aber Angst mußte niemand mehr um sie haben ...

Dafür ereignete sich – kaum hatte sich Oliver an das neue Glück gewöhnt – etwas sehr Seltsames:

Wie so oft saß er am Abend noch über seinen Büchern. Im Haus war längst Ruhe eingekehrt, das Fenster stand weit offen, und Oliver war über seiner Lektüre eingenickt ... da träumte er – träumte er? –, wie eine wohlvertraute Stimme flüsterte:

»Pssst, mein Lieber ... ich glaub, ich seh nicht recht ...!«

Oliver war es so, als ob die Luft um ihn herum plötzlich dumpf und schwül würde. Mit einemmal roch es genauso wie in dem düsteren Versteck von Fagin ... ja, ihm war so, als säße er leibhaftig im Zimmer des Verbrechers, und der greuliche Alte starre ihn aus seinen dämonischen Augen an und sage: »Ja ... er ist es wirklich!«

»Natürlich ist er's!« sagte eine zweite Stimme aus dem Hintergrund, die Oliver auch schon mal vernommen hatte. »Glaubst du, ich könnte mich ausgerechnet bei ihm täuschen? Selbst wenn eine ganze Horde von Geistern seine Gestalt annehmen würde, könnte ich ihn auf den ersten Blick herausfinden. Und auch wenn du ihn fünfzig Fuß tief verscharren würdest ... Führt mich über den Friedhof, und ich könnt' dir genau die Stelle sagen, wo seine Leiche liegt!«

Die letzten Worte waren so haßerfüllt gesprochen, daß Oliver plötzlich aus dem Schlaf hochschreckte, zum Fenster starrte und laut aufschrie: Da war nicht nur der leibhaftige Fagin, da stand auch der Mann, den er im Dorf fast umgerannt hatte!

Aber kaum hatte Oliver recht begriffen, wo er sich befand, waren die beiden Unheimlichen verschwunden.

Es wurde Alarm geschlagen, die Umgebung wurde abgesucht. Doch vergeblich – niemand wurde entdeckt!

Geheimtreffen

ern vom Geschehen auf dem Land – und doch viel näher, als man bisher ahnen kann – spielten sich derweil merkwürdige Dinge ab.

Mr. Bumble, den wir als stolzen Gemeindediener, geschmückt mit einem Dreispitz, kennen, war inzwischen nicht mehr ganz so ehrwürdig gekleidet. Dafür war er jetzt Leiter des Armenhauses und durfte eine gewisse Mrs. Corney nebst sechs Teelöffeln, einer Zuckerzange und einem Milchkännchen aus Silber sowie einigen gebrauchten Möbeln und zusätzlichen zwanzig Pfund in barer Münze sein Eigen nennen. Wer jetzt glaubt, dieser Mr. Bumble hätte nun sein Glück gefunden, der irrt gewaltig.

Im Gegenteil: Der Herr Armenhausvorsteher saß griesgrämig oder verdrießlich oder mißmutig in seiner neuen Wohnung herum und grübelte über sich und sein Schicksal nach.

»Willst du eigentlich den ganzen Tag da rumhocken und schnarchen?« fragte ihn die ehemalige Mrs. Corney, und ihr Blick war nicht gerade der einer liebevollen Ehefrau.

»Ich werde hier so lange sitzen, wie es mir behagt, Madam«, erwiderte Mr. Bumble. »Und obgleich ich nicht geschnarcht habe, ist es mein gutes Recht zu schnarchen, zu gähnen, zu niesen, zu lachen oder zu weinen, wie und wann es mir behagt!«

»Sagtest du: *dein* gutes Recht?«

»In der Tat«, sagte Mr. Bumble. »Ich bin hier der Mann im Haus. Und der Mann hat das Sagen. Das hätte dich dein Verstorbener schon lehren können!«

Man muß hier nicht groß erklären, wer tatsächlich das Sagen hatte: Mrs. Bumble griff statt zu Worten zu einer Pfanne ... und Mr. Bumble zog es vor, schleunigst das Haus zu verlassen.

Mr. Bumble – das muß man zugeben – wurde hier und noch öfter zu Recht gedemütigt. Er hatte eine

unübersehbare Neigung zur Großmäuligkeit und darüber hinaus zur Grausamkeit, war aber im Grunde ein Feigling.

Damit steht er nicht alleine: Viele höher- oder hochgestellte Persönlichkeiten sind solche Mr. Bumbles, und wir müssen ihre Willkür mehr oder weniger geduldig ertragen.

Was aber tat unser Mr. Bumbles nun?

Er schlich durch die dunklen Straßen und suchte eine möglichst einsame Spelunke, wo er auf sein Leid anstoßen konnte.

Aber wie so oft im Leben: Wo man es nie erwartet, hat man die seltsamsten Begegnungen!

Wer ist das nur da am Nebentisch mit seinem warmen Schnaps, der mich unentwegt aus düsteren Augen beobachtet?

»Sind Sie mir nicht früher schon mal begegnet?«

fragte eine nicht eben freundliche Stimme. »Waren Sie nicht früher der Gemeindediener?«

Mr. Bumble war höchst erstaunt darüber, welchen Ruf er genoß, und antwortete: »Ja, der war ich. Aber kennen tue ich Sie nicht.«

»Dann werden Sie mich bald kennenlernen«, sagte der Fremde und schob Mr. Bumble ein paar Goldmünzen über den Tisch zu: »Hier, ich denke, in Ihrer Position sind Sie nicht abgeneigt, ein kleines Entgelt für gute Informationen anzunehmen, oder?«

Mr. Bumble wechselte den Platz, schaute sich um, ob auch niemand ihn beobachtete, und steckte das Geld ein. »Worum geht's?«

Der Fremde musterte Mr. Bumble mit seinen düsteren Augen und sagte Verwunderliches:

»Lassen Sie Ihre Gedanken mal zwölf Jahre zurückwandern. Erinnern Sie sich an einen Jungen, der von irgendeiner Schlampe bei Ihnen geboren wurde, der dann bei Ihnen aufwuchs, später bei einem Sargschreiner landete und schließlich nach London durchbrannte?«

»Meinen Sie etwa diesen Twist, diesen aufmüpfigen Burschen?« fragte Mr. Bumble sehr überrascht.

»Den meine ich!« raunte der Fremde. »Das heißt, eigentlich die Alte, die ihn gepflegt hat.«

»Die ist gerade vor ein paar Wochen gestorben«, sagte Mr. Bumble. »Und bevor sie abkratzte, hat sie meiner Frau noch ein Geheimnis anvertraut, das mir leider nicht bekannt ist.«

»Ich muß Ihre Frau unter allen Umständen sprechen!« sagte der Fremde erregt, schrieb eine Adresse und eine Uhrzeit auf einen Zettel und reichte ihn Mr. Bumble.

»Mein Name ist Monks.«

Es war noch am selben Abend, als sich bei strömen-
dem Regen, Blitz und Donner Mr. und Mrs. Bumble
auf den Weg machten, um diesen rätselhaften Monks
zu treffen.

Man muß nicht weiter darauf eingehen, wie leicht es
dem geplagten Ehemann fiel, seine Gattin zu diesem
Treffen zu bewegen: Wenn Geld im Spiel war, war
sich keiner der beiden zu schade, auch bis in die ver-
kommenste Gegend von London zu gehen. Und ob
es nun wegen des Regens war oder wegen der Angst
der Entdeckung – jedenfalls hatten sich beide in alte
schäbige Mäntel gehüllt und waren pünktlich auf die
Minute an der verabredeten Stelle.

Sie mußten nicht lange warten, da rief gleich über ihnen eine Stimme aus einem der Fenster: »Einen Moment, ich lasse Sie sofort herein!«

Kurz darauf standen die Bumbles im Schein einer Laterne in einer Art Lagerraum, kritisch beäugt von einem Mann, der bei jedem Blitz und Donnerschlag zu zittern begann und der sich etwas Weißes, das wie Schaum aussah, vom Mund wischte.

»Schauen Sie mich nicht so besorgt an!« knurrte der Mann, der niemand anderer war als Monks, das Ehepaar Bumble an. »Ich habe öfter solche Anfälle. Kommen wir zur Sache! Mrs. Bumble, wie ich erfahren habe, haben Sie mir etwas mitzuteilen.«

Im Gegensatz zu ihrem sichtlich verängstigten Gatten schien Mrs. Bumble durch nichts zu erschüttern zu sein. »Was ist Ihnen mein Geheimnis wert?« fragte sie Monks ohne Scheu.

Monks druckste herum, begann zu handeln und war nach einigem Hin und Her bereit, fünfundzwanzig Pfund in Gold herauszurücken.

»Okay, Mr. Monks«, sagte Mrs. Bumble, nachdem sie die Münzen in einer tiefen Tasche hatte verschwinden lassen, »ich erzähle Ihnen alles, was kurz vor dem Tod der alten Sally passiert ist!«

»Waren Sie allein mit der Alten?« fragte Monks, und es war unschwer zu erkennen, welche Bedeutung dieses Gespräch für ihn hatte.

»Ja, ich war allein im Zimmer, und ich habe es niemandem erzählt.«

»Sprechen Sie!« drängte Monks.

»Immer gemach!« sagte Mrs. Bumble. »Also ... diese Sally berichtete mir, daß sie dabei war, als ein gewisser Oliver Twist geboren wurde und seine Mutter kurz darauf starb. Noch bevor jemand das Zimmer betrat, nahm sie der Toten den einzigen Besitz vom Busen, den diese hatte, trug ihn in ein Pfandhaus, bekam Geld dafür, löste aber den Pfandschein nie wieder ein, zahlte aber über all die Jahre die fälligen Zinsen. Und nun, wo ihr eigenes Ende gekommen

war, übergab sie mir diesen Schein, und ich löste ihn ein. Und hier ist das, was ich dafür erhielt!«

Monks hielt es nicht auf seinem Stuhl. Mit zitternden Händen griff er nach dem, was Mrs. Bumble aus den Tiefen ihres Mantels geholt hatte ... einem kleinen goldenen Medaillon, in dem sich zwei Haarlocken und ein goldener Trauring befanden.

»Auf der Innenseite des Ringes sind das Wort ›Agnes‹ und ein Datum eingraviert, das ein Jahr vor der Geburt des Kindes liegt«, erklärte Mrs. Bumble.

Monks starrte mit wilden, begierigen Augen das Gold an. »Ist das alles ...? Wirklich alles?« stieß er hervor.

»Das kann ich beschwören«, sagte Mrs. Bumble und konnte ihre Neugierde nicht beherrschen: »Was wollen Sie jetzt damit tun?«

»Damit es niemand gegen mich verwenden kann«, sagte Monks, indem er voller Bösartigkeit grinste, »werde ich es jetzt auf Nimmerwiedersehen verschwinden lassen.«

Daraufhin öffnete er eine Falltür im Boden und hieß die beiden Bumbles in die blubbernde Tiefe schauen: »Was seht ihr da?«

»Das Wasser der Themse«, sagte Mr. Bumble schaudernd.

Im selben Moment warf Monks die Beweisstücke in die Tiefe, schloß die Falltür und befahl den beiden, umgehend zu verschwinden: »Wir haben uns nie getroffen! Ist das klar?« sagte er mit einem Blick, der nichts Gutes verhieß.

Schon am nächsten Abend fand ein Treffen statt, das nicht weniger bedeutungsvoll werden sollte. Bill Sikes, dieser besonders üble Ganove, hatte sich ein neues Versteck gesucht, aber es ging ihm sehr schlecht: Er war schwer erkrankt, er konnte nicht mehr auf Beutezug gehen, und die einzige Person, die sich um ihn kümmerte, war Nancy. Auch sie war in einem bemitleidenswerten Zustand, und man kann mit Recht fragen, wieso es diese junge und doch schon so verbrauchte Frau immer noch neben diesem Mann aushielt, obwohl er ihr so viel Gemeines und Grausames angetan hatte. Die Antwort lautet: Nancy empfand tiefes Mitleid mit dem Menschen, der sie quälte. Zwar überlegte sie tagaus, tagein, ob sie sich rächen oder ihm wenigstens entfliehen sollte ... Aber entweder fehlte es an Mut oder an Kraft, oder es war das letzte Fünkchen Hoffnung, Sikes würde doch noch auf den richtigen Pfad kommen und ihre Liebe erwidern.

Aber es sollte ganz anders werden: An dem besagten Abend tauchte überraschenderweise Fagin mit einigen Gehilfen in Sikes' Absteige auf. Er hatte reichlich Proviant und Alkohol mitgebracht und spielte den besorgten väterlichen Freund. Doch Sikes war nicht nach geheuchelten Worten zumute.

»Ich brauch sofort Geld von dir und sonst gar nichts! Du hast mich drei Wochen hier darben lassen, gehst deinen miesen Geschäften nach und arbeitest nur in die eigene Tasche!«

Fagin war raffiniert genug, um klein beizugeben. Er war einverstanden, daß Nancy ihn in sein Versteck begleitete, um dort Bares für den kranken Sikes entgegenzunehmen.

Was aber geschah genau da, als Nancy nur für kurze Zeit bei Fagin weilte? Monks tauchte auf und verlangte umgehend ein Gespräch unter vier Augen! Fagin befahl Nancy, etwas Geduld zu haben, und bat Monks in einen anderen Raum, wo er glaubte, ungestört reden zu können. Doch welch schicksalhafter Irrtum! Nancy schlich den beiden nach, und ein zweites Mal konnte sie die Ganoven belauschen.

Und dieses Mal hörte sie Dinge, die so sensationell, so unfaßlich waren, daß Nancy ihren Schreck und ihre Angst kaum verbergen konnte.

»Was bist du so blaß?« fragte Fagin sie erstaunt, als er ihr endlich das Geld für Sikes überreichte. Und mit der gleichen Frage wurde sie auch von Sikes begrüßt, als sie in seinem Versteck auftauchte. Nur mit größter Mühe konnte Nancy verbergen, welche Gedanken ihr durch den Kopf gingen, welche Pläne sie heimlich schmiedete ...

Ich darf keine Minute Zeit verlieren! sagte sich Nancy und tat etwas, was wahrscheinlich nicht einmal ein Mann gewagt hätte. Sie mischte dem geschwächten Sikes ein Schlafmittel in die Medizin, wartete, bis er tief und fest eingeschlafen war, und machte sich eiligst auf den Weg in eine Gegend von London, in die Leute ihres Schlages gewöhnlich keinen Fuß setzen ...

»Ich muß dringend Miß Maylie sprechen!« sagte sie kurz zu dem Portier eines Hotels und wurde zu ihrer Überraschung wirklich nach ein paar Minuten in ein elegantes Zimmer gebeten.

Welche Begegnung! Hier die sanfte, junge, vornehme Rose Maylie und dort die heruntergekommene und von ihrem Leid gezeichnete Nancy ...

Und welch unfaßliche Neuigkeiten, die Rose zu hören bekam: »Ich bin die Frau, die Oliver Twist auf der Straße entführt hat und zu einem gewissen Fagin zurückgebracht hat. Dieser Gauner hielt Oliver unter seinen Fittichen und versuchte, einen Verbrecher aus ihm zu machen. Er handelte im Auftrag und bezahlt von einem gewissen Monks. Durch diesen Kerl habe ich von diesem Hotel hier erfahren, und der ist auch derjenige, der Oliver nach dem Leben trachtet ... besser gesagt: hinter seiner Erbschaft her ist.«

»Erbschaft?« flüsterte Rose und sah Nancy mit größten Zweifeln an.

»O bitte, glauben Sie mir!« flehte Nancy und begann zu heulen. »Ich habe ein Leben voller Schmach und Schande hinter mir, und ich will wenigstens ein klein wenig gutmachen und dem armen Jungen helfen.«

»Sagen Sie alles, was Sie wissen«, sagte Rose mit sanf-

ter Stimme. »Sie stehen hier und so lange Sie wollen unter meinem persönlichen Schutz!«

»Danke, Miß Rose!« sagte Nancy. »Ich brauche und will keinen Schutz. Mein Leben neigt sich schon dem Ende zu. Das spüre ich genau. Aber dieser Oliver, den müssen Sie retten vor seinem Bruder, der ihn vernichten will!«

»Seinem *Bruder*?«

»Jawohl!« erklärte Nancy jetzt etwas gefaßter. »Oliver ist Monks Bruder, und es scheint um sehr viel Geld zu gehen. Gerade erst ist es diesem Monks durch einen glücklichen Zufall gelungen, an die einzigen Beweisstücke von Olivers Vergangenheit zu kommen. Aber wie ich gehört habe, hat er diese sogleich in die Themse geworfen, und die letzte Zeugin ist erst vor kurzem verstorben.«

Rose hatte bis jetzt mehr oder weniger fassungslos dem Unglaublichen gelauscht, was ihr diese merkwürdige Person zu berichten hatte. Erst langsam wurde ihr klar, welchen Mut diese Frau haben mußte, um sich zu diesem Geständnis durchzuringen.

»Sie dürfen nicht zu Ihren Leuten zurück!« sagte sie deshalb fast flehend zu Nancy. »Ich kann Sie verstekken, oder ich kann Ihnen wenigstens Geld geben und Ihnen zu einem besseren Leben verhelfen.«

Von tiefer Rührung und zugleich Verzweiflung ergriffen, sagte Nancy: »Sie sind die erste Person, die sich um mich sorgt. Annehmen aber kann ich nichts. Meine letzte Aufgabe ist es, neben dem Menschen auszuhalten, dem es wahrscheinlich noch schlechter geht als mir.«

Rose begriff, wie ernst es Nancy mit ihrem Vorhaben war, und fragte: »Aber wo finde ich Sie, wenn es einmal nötig sein sollte?«

»Jede Sonntagnacht zwischen elf und zwölf versuche ich, auf der London Bridge zu sein«, versprach Nancy mit schluchzender Stimme und verließ hastig das Hotelzimmer.

Ein Verschollener taucht wieder auf

Man muß nicht erwähnen, in welche Aufregung Rose Maylie versetzt war, nachdem Nancy gegangen war. Sie verbrachte eine schlaflose Nacht, und erst am nächsten Vormittag entschloß sie sich, wenigstens Mrs. Maylie von diesen erstaunlichen Mitteilungen zu erzählen.

Die alte Dame war nicht minder überrascht, und ihr erster Gedanke galt Oliver, der gerade mit Mr. Giles als Beschützer in den Straßen Londons unterwegs war:

»Wir dürfen den Jungen nicht mehr aus den Augen lassen!« sagte sie mit sorgenvoller Miene. »Welch glücklicher Zufall aber, daß wir diesen Ausflug in die Stadt unternommen haben!«

Wenig später schon sollte sich zeigen, daß es noch andere Zufälle gab, die sich in diesen Tagen ereigneten: Oliver kam ins Hotel zurück, und Rose sah auf den ersten Blick, daß sich etwas Besonderes ereignet haben mußte.

»Stell dir vor, wen ich gesehen hab!« berichtete Oliver mit Freudentränen in den Augen. »Diesen Mr. Brownlow, der mich damals aufgenommen hat. Er stieg aus einer Kutsche und verschwand in einem Haus. Ich habe mir die Nummer und die Straße aufgeschrieben. Können wir ihn nicht besuchen?«

»Aber natürlich«, sagte Rose. »Er hat es wie kaum ein anderer verdient, von dem zu erfahren, was inzwischen geschehen ist.«

Umgehend wurde die Kutsche bestellt, die Rose mit ihrem aufgeregten Schützling zu dem besagten Haus brachte.

»Bitte melden Sie mich mit der dringenden Bitte um ein Gespräch bei Mr. Brownlow!« beauftragte Rose den Kutscher, und wenige Minuten später gab es ein Wiedersehen, das viele Gemüter in höchstem Maße erregte:

Die alte Mrs. Bedwin schloß ihren ehemaligen Schützling ganz gerührt in die Arme. Der rückenkranke Mr. Grimwig mußte gleich mehrere Male schauen, um zu glauben, daß dieser Junge doch tatsächlich wieder aufgetaucht war. Und dem guten Mr. Brownlow gingen Gedanken durch den Kopf, die wir erst später erfahren werden . . .

Nachdem die erste Überraschung verflogen war, bat Rose Maylie Mr. Brownlow zu einem Gespräch unter vier Augen: »Ich habe Ihnen seltsame Dinge zu berichten«, eröffnete sie dem freundlichen alten Mann. »Sie haben sich damals so liebevoll um diesen Jun-

gen gekümmert, da wird es Sie gewiß interessieren, was ich inzwischen über ihn erfahren habe.«

Sodann erzählte sie in allen Details, was Nancy ihr verraten hatte.

Mr. Brownlow hörte mit größtem Interesse zu, und hätte Rose ihn näher gekannt, so wäre sie stutzig geworden. Der alte Herr schien nämlich gar nicht so überrascht zu sein von all den Neuigkeiten – es lag vielmehr etwas sehr Geheimnisvolles in seiner Miene . . .

»Wir müssen Olivers Herkunft aufdecken«, sagte er mit aller Entschiedenheit, als Rose mit ihrem Bericht zu Ende war. »Außerdem müssen wir an diese Erbschaft herankommen, die ihm offenbar vorenthalten wird. Dazu müssen wir diesen Monks in die Knie zwingen, und das gelingt uns nur, wenn wir ihn allein erwischen. Wie mir scheint, ist diese Nancy die einzige, die uns dabei behilflich sein kann. Was kei-

nesfalls passieren darf, ist, daß sich die Polizei in den Fall einschaltet. Denn dann gibt es nur Chaos, die unwichtigen Gauner wie Fagin und Sikes werden eingelocht, und der, der die anderen für sich arbeiten läßt, dieser Monks, geht uns durch die Lappen, und wir haben nichts erreicht.«

»Ich bin ganz Ihrer Meinung«, sagte Rose dankbar und verabredete mit Mr. Brownlow, vorläufig Oliver nichts von all diesen Ränken zu erzählen.

»Auch ich könnte noch einige interessante Neuigkeiten zu dieser Angelegenheit beitragen«, überraschte Mr. Brownlow Miß Maylie. »Ich möchte aber im Augenblick keine falschen Hoffnungen wecken oder unnötige Schwierigkeiten entstehen lassen. Für den Moment nur dies: Es hatte natürlich seine Gründe, warum ich damals nach Olivers Verschwinden so plötzlich London verließ. Doch darüber ein anderes Mal.«

Ist es noch nötig zu erwähnen, daß unser Leben von den merkwürdigsten Zufällen bestimmt wird? Wie sonst wäre es verständlich, daß es einen guten alten Bekannten aus Olivers Zeit beim Sargschreiner Sowerberry ausgerechnet in die Spelunke führte, in der auch Fagin und seine Bande regelmäßig verkehrten?

Eigentlich ist es nicht verwunderlich: Noah Claypole, dieser dumme und stets zu bösen Scherzen aufgelegte Bursche, war es einfach leid, sein ganzes Leben als Gehilfe – und das auch noch auf dem Lande – zu verbringen.

»Ich mache Karriere in der Stadt«, erklärte er seiner Freundin Charlotte. »Ich muß nur die richtigen Leute finden, denn Beziehungen zu haben ist alles, was man im Leben braucht.«

Was Noah tunlichst nicht erwähnte, waren Geld und Arbeit. Hierfür hatte er erst einmal seine Charlotte abgerichtet. Die nämlich raubte Mr. Sowerberry nicht nur die Ladenkasse aus, sie übernahm es auch, das »Reisegepäck« zu transportieren. Und sie wartete geduldig, bis ihr geliebter Noah in den dunkelsten Gefilden von London endlich das gefunden hatte, was seinem Geschmack entsprach.

»Nun komm endlich, du Faultier!« rief er seine erschöpfte Charlotte zu sich, als er in seiner unnachahmlichen Art vor einer Kneipe mit dem Namen »Drei Krüppel« herumtänzelte. »Hier mieten wir uns ein. Und alles Weitere passiert von selbst.«

Wie recht Noah Claypole hatte, zeigte sich schon in den nächsten Stunden:

Das Pärchen hatte sein Gepäck aufs Zimmer gebracht und im Gastraum Platz genommen, um eine kräftige Mahlzeit zu verzehren – da setzte sich eine hagere ältere Gestalt, die die beiden schon eine Zeitlang heimlich belauscht hatte, an den Nebentisch und begann ein Gespräch mit ihnen:

»Wenn ich recht gehört habe, erzählten Sie eben etwas von einer ausgeraubten Ladenkasse und entsprechenden Vorhaben hier in der Stadt . . . oder hab ich mich da verhört?«

Noah Claypole, der sich selbst für den Schlauesten

hielt und dies auch jederzeit und jedem verkündete, blieb die Spucke weg.

»Ich könnte Ihnen da schon weiterhelfen«, sagte der hagere Alte mit scheinheiligem Grinsen. »Ich biete Ihnen freie Kost, freie Unterkunft, die Hälfte von den Einnahmen, und bei Sonderaufgaben gibt's noch extra was drauf.«

Noah Claypole war schlau genug, um zu begreifen, in welcher Situation er sich plötzlich befand: Weil er nicht aufgepaßt hatte, war er belauscht worden, und dieser Fremde konnte ihn und seine Charlotte jederzeit an die Polizei ausliefern. Andererseits schien er hier genau dem richtigen Mann begegnet zu sein. Und nach einigen Gläschen Schaps war man sich handelseinig: »Morgen könnt ihr bei mir Quartier nehmen«, sagte der Alte, der niemand anderer war

als Fagin. »Und an interessanten Aufträgen wird es nicht mangeln.«

Noah Claypole konnte sein Glück kaum fassen, und Charlotte streichelte ihm zärtlich über sein nicht gerade hübsches Gesicht und sagte: »Ich wußte ja schon immer, was für einen besonderen Mann ich habe.«

Gleich am nächsten Tag, kaum war das Pärchen bei Fagin eingezogen, wurde es ernst:

»Hör zu, Noah«, erklärte ihm sein neuer Chef, »einer meiner besten Leute, der ›Gauner‹ Jack Dawkins, ist geschnappt worden. Heute ist sein öffentliches Verhör. Dich kennt man noch nicht bei der Polizei. Geh hin und hör dir an, was man ihm vorwirft. Wenn du das anständig erledigst, hab ich eine sehr verantwortungsvolle Aufgabe für dich.«

»Das macht ein Noah Claypole mit links«, erklärte das neue Bandenmitglied selbstbewußt und machte sich auf den Weg.

Genau der richtige Mann zur rechten Zeit! stellte Fagin befriedigt fest. Nur ein neues unbekanntes Gesicht kann mir jetzt weiterhelfen . . .

In der Tat war Fagin in größter Not: Ihm war aufgefallen, daß Nancy in letzter Zeit völlig verändert war. Sie ließ es an Arbeitswilligkeit mangeln. Sie äußerte sich ungewöhnlich geringschätzig über Sikes. Und überhaupt war sie sehr oft mit ihren Gedanken nicht bei der Sache.

Sie hat sich bestimmt in einen anderen Mann verliebt! schloß Fagin. Ich werde sie beschatten lassen, bevor sie uns vielleicht in den Rücken fällt oder noch Schlimmeres passiert . . .

Wie so oft in seinem Leben hatte Fagin ein gutes Gespür. Zwar war seine Vermutung, Nancy habe sich in einen anderen verliebt, falsch. Aber daß es Grund gab, die junge Frau zu beschatten, stellte sich schon sehr bald als richtig heraus:

Es war ein Sonntagabend, und es ging auf Mitternacht zu, als sich Nancy erhob und zu Bill Sikes und Fagin sagte: »Ich geh noch ein bißchen nach draußen. Bis später!«

»Du bleibst hier!« befahl Sikes, denn er haßte es, wenn seine Freundin ohne seine Erlaubnis eigene Wege ging.

»Ich gehe, und niemand wird mich aufhalten!« Noch nie zuvor hatte sich Nancy derart entschieden dem rabiaten Sikes gegenüber verhalten. Und obwohl dieser jetzt Drohungen und Verwünschungen ausstieß, die jede andere Frau zum Nachgeben veranlaßt hätten ... Nancy war seltsamerweise nicht bereit, nachzugeben.

»Laß sie gehen«, mischte sich Fagin in den Streit der beiden ein. »Sie braucht frische Luft. Sieh nur, wie blaß das Mädchen ist!«

Fagin hatte gut reden: Was Sikes nicht ahnte – er hatte längst Vorsorge getroffen für einen solchen Fall.

Man muß wohl nicht ausdrücklich sagen, wohin es Nancy an diesem Tag und zu dieser Stunde trieb ...

Auf kürzestem Wege eilte sie zur London Bridge, wo tatsächlich zwei Personen sehnlichst auf sie warteten:

»Gut, daß Sie kommen!« begrüßte Mr. Brownlow sie, und Rose Maylie sah Nancy voller Besorgnis an: »Geht es Ihnen schlecht, Miß Nancy?«

»Ich habe Angst, hier mit Ihnen zu sprechen«, flüsterte Nancy hastig, weil ganz in ihrer Nähe ein Mann vorbeischlich, der seltsam vermummt und dessen Gesicht im Nachtdunkel nicht zu erkennen war.

»Kommen Sie dort die Stufen zum Fluß hinunter ...«

Rose Maylie und Mr. Brownlow blickten sich um, ob sie jemand beobachtete – dann folgten sie Nancy auf eine Treppe, die von der Brücke direkt zu einem Wassersteg führte, von dem gleich hinter einem dicken Mauervorsprung eine andere Treppe wieder nach oben führte.

»Hören Sie zu, Miß Nancy«, sagte Mr. Brownlow, als sie sicher fühlten. »Ich bin der Mann, bei dem Oliver damals, bevor Sie ihn entführten, Unterschlupf gefunden hat. Ich habe dringende Gründe, die Geheimnisse aufzudecken, die sich um Olivers Vergangenheit ranken. Ich hoffe sehr, von Ihnen dabei Unterstützung zu bekommen.«

»Was erwarten Sie von mir?« fragte Nancy.

»Daß Sie uns helfen, Monks ausfindig zu machen.«

»Nur, wenn Sie mir versprechen, daß alle meine Freunde, und wenn sie noch so viel auf dem Kerbholz haben, aus dem Spiel bleiben.«

»Wenn wir Monks haben und er mit der Wahrheit rausgerückt ist, wird der Fall für uns erledigt sein«, versprach Mr. Brownlow, und Rose nickte bekräftigend dazu.

Nancy warf einen Blick nach oben, ob sie auch niemand von der Brücke beobachtete – dann begann sie erst zu flüstern und schließlich laut zu sprechen: »Also gut, Monks verkehrt regelmäßig in einer Kneipe mit dem Namen ›Drei Krüppel‹. Er ist ein großer, kräftiger Mann, hat einen unsicheren Gang, schaut unentwegt hinter sich, ob er nicht verfolgt oder beobachtet wird. Er ist etwa achtundzwanzig Jahre alt, sieht aber bedeutend älter aus. Seine Lippen sind oft verfärbt und durch Bisse entstellt, weil er öfter schreckliche Anfälle hat, bei denen er sich beißt ... manchmal sogar in die Hände.«

»Hat er noch andere Merkmale?« fragte Mr. Brownlow, indem er sein Schaudern überspielte.

Nancy überlegte einen Moment, bevor sie fortfuhr: »Ja ... ich glaube, wenn er seinen Kopf wendet und sein Halstuch verrutscht ist, dann sieht man ....«

»... an seinem Hals ein breites rotes Mal ... so wie eine Brandnarbe?« setzte Mr. Brownlow auffallend erregt den Satz Nancys fort.

»Wieso, kennen Sie ihn?« fragte Nancy völlig überrascht, und auch Rose schien sich zu wundern.

»Es sieht so aus«, erwiderte Mr. Brownlow nachdenklich. »Jedenfalls sind wir Ihnen zu größtem Dank verpflichtet.«

»O ja«, sagte Rose und sah Nancy voller Mitgefühl an.

»Bitte machen Sie einen Vorschlag, wie wir uns er-
kenntlich zeigen können!«

»Ich will keinen Dank, ich brauche nichts. Es ist sowieso alles zu spät«, sagte Nancy in verzweifeltem
Tonfall, verabschiedete sich von den beiden und
verschwand eilig im nächtlichen Dunkel.

»Sie tut mir unendlich leid«, sagte Rose mit ihrer
sanften Stimme. »Hoffentlich geschieht ihr nichts
Böses ...«

Mord

Unglaublich! Unfaßbar!
Noah Claypole stand immer noch reglos unter der London Bridge – genau auf der anderen Seite des dicken Mauervorsprungs – und wartete sehnsüchtig darauf, daß sich auch die Schritte der beiden anderen Personen entfernten.

Er hatte nicht alles verstanden. Aber das, was ihm hier zu Ohren gekommen war, mußte dreimal ausreichen, einen neuen Chef zu verblüffen. Denn soviel hatte er in der kurzen Zeit, die er in London war, mitbekommen: In dieser Bande, die Fagin anführte, war jeder auf den anderen angewiesen. Wenn einer auf die Idee kam, einen anderen zu verpfeifen – dann flog nicht nur der ganze Verein auf, dann würde auch der Verräter keine ruhige Minute mehr haben . . .

Ich muß so schnell wie möglich ins Quartier zurück! sagte sich Noah und war im stillen sehr stolz, der Überbringer von so sensationellen Nachrichten zu sein.

Und obwohl er nur zu gerne genauer gesehen hätte, wer die beiden Fremden waren, die mit Nancy gesprochen hatten – jetzt galt es, keinerlei Risiko einzugehen. Wie eine Ratte schlich er die Treppe zum anderen Ende der Brücke hinauf, begann zu laufen und hielt nicht eher inne, bis er in der Absteige von Fagin stand.

»Nun, mein Junge, warst du erfolgreich?« fragte derjenige, der bisher alle Fäden, die seine Bande zusammenhielt, wie eine giftige Kreuzspinne unter seiner Kontrolle hatte.

»Sehr erfolgreich!« sagte Noah Claypole und begann haarklein zu berichten, was er belauscht hatte. Dabei fiel ihm auf, wie Fagin Minute für Minute blasser wurde – ja, es schien sogar so, als ob man diesem Mann beim Älterwerden zuschauen konnte . . .

Nachdem Noah seinen Bericht schließlich beendet hatte, sagte der ausgemergelte Alte lange Zeit kein Wort, hockte reglos im Halbdunkel, und es kam Noah so vor, als ob Fagin ein Gespenst sei, das sich nie wieder rühren oder eine Silbe von sich geben würde . . .

Ich glaub, ich leg mich erst mal aufs Ohr! beschloß Noah für sich und begab sich zum nächstbesten Lager.

Immer noch schien Fagin wie betäubt. Er starrte vor sich hin, dann irgendwann wanderten seine Augen zu dem eingeschlafenen Noah, gleich darauf waren seine Gedanken bei dem Mädchen, das seiner Aufsicht entglitten war, das gewagt hatte, hinter seinem Rücken die geheimsten Dinge auszuplaudern – Dinge, die nicht nur Monks, sondern alle anderen ins Verderben stürzen konnten . . .

»Endlich!« murmelte Fagin plötzlich, stand auf und schlich zur Eingangstür.

Jemand hatte die Glocke betätigt, und dieser Jemand war . . . Sikes!

Er war bis zum Kinn vermummt und trug ein schweres Bündel auf dem Rücken.

»Hier! Paß gut darauf auf!« sagte Sikes und warf das Bündel auf den Tisch. »War nicht einfach, es zu bekommen.«

Fagin griff wie geistesabwesend nach dem Bündel, trug es zum Schrank und schloß es ein. Dann kam er zum Tisch zurück, setzte sich Sikes gegenüber und blickte ihn starr an, während seine Lippen aufs heftigste zu zittern begannen.

»Was stierst du mich so an?« fragte Sikes und griff unwillkürlich in die Tasche, in der er seine Pistole verborgen hatte.

»Er ist verrückt geworden«, murmelte Sikes, »ich muß auf der Hut sein.«

»Nein, nein . . .« kam es aus Fagins Mund. »Es geht nicht um dich, Bill. An dir hab ich nichts auszusetzen.«

»So, so . . . an mir also nicht?« sagte Sikes, zog die Pistole und steckte sie in eine andere Tasche. »Dann mach endlich dein Maul auf!«

»Vielleicht sollte *er* da dir sagen, was passiert ist«, sagte Fagin, indem er eine Kopfbewegung in Richtung Noah Claypole machte.

»Er schläft!« sagte Sikes mit gereiztem Unterton.

»Er ist müde, weil er *sie* so lange bewacht hat«, fuhr Fagin fort.

»Wer ist *sie*?« fuhr Sikes in die Höhe, und man konnte meinen, er würde Fagin jeden Augenblick an die Gurgel gehen.

Fagin antwortete nicht. Er stand auf und rüttelte den Schläfer wach: »He, aufgewacht! Erzähl meinem Freund, was du erlebt hast!«

»Das mit *Nancy*?« fragte Noah schlaftrunken, während er sich aufrichtete.

Fagin nickte. Er warf einen kurzen Blick auf Sikes, der zu ahnen schien, daß etwas Schreckliches geschehen war.

»Rede endlich!« schrie er zornig, »Sonst geht's dir an den Kragen!«

»Ich bin Nancy bis zur London Bridge gefolgt. Hab sie belauscht, wie sie einem Mann und einer Frau alles von uns erzählt hat.«

»*Was* erzählt hat?« rief Sikes leichenblaß.

»Hab nicht alles verstehen können«, sagte Noah und blickte hilfesuchend zu Fagin.

»Sag ihm, was du gehört hast!« befahl Fagin.

»Sie wollten alles über diesen Monks wissen«, sagte Noah gehorsam. »Wo man ihn antrifft, mit wem er zu tun hat, und über dich hat sie, glaube ich, auch gesprochen ... ich habe ›mit Schlafmittel‹ und ›an einem anderen Tag heimlich abgehauen‹ ...«

Sikes sprang auf. Sein Gesicht war jetzt plötzlich rot angelaufen, und er sah noch brutaler aus als sonst. Er starrte Fagin an, ging auf ihn zu, hielt einen Moment inne ... und rannte zur Tür.

»Bill! Bill!« rief Fagin, eilte hinter ihm her und packte ihn am Arm. »Du wirst doch nicht zu gewalttätig sein, Bill?«

Sikes wandte sich kurz um, blickte Fagin haßerfüllt an, schüttelte dessen Hand wie ein lästiges Getier ab und rannte nach draußen ...

... rannte durch die nächtlichen Straßen Londons,

ohne auch nur einmal nach rechts oder links zu schauen ... rannte keuchend und mit einem Blick, der grimmige Entschlossenheit zeigte ... und hielt nicht inne, bis er seinen Unterschlupf erreicht hatte. Dort schnaufte er kurz aus, öffnete die Tür mit einem Schlüssel, schlich die wenigen Stufen hinauf und betrat sein Zimmer.

Er lauschte, warf einen kurzen Blick zum Vorhang, hinter dem sein Bett stand ... dann verschloß er die Tür gleich zweimal, schob einen schweren Tisch davor, ging quer durch den Raum ... und riß den Vorhang des Bettes zurück. Nancy lag halb angekleidet auf dem Laken und blickte – soeben aus dem Schlaf geschreckt – auf Sikes.

»Steh auf!« sagte ihr Freund.

»Du bist es schon, Bill?« fragte Nancy und schien sich über Sikes' Anwesenheit zu freuen.

»Steh auf!« wiederholte Sikes, tat einen Schritt zur Seite, riß einen brennenden Kerzenstummel aus einem Ständer und warf ihn in den Kamin.

Nancy hatte sich erhoben und wunderte sich über das seltsame Verhalten ihres Liebhabers. Sie ging zum Fenster, um die Vorhänge aufzuziehen, aber Sikes trat ihr in den Weg.

»Laß das!« sagte er kalt. »Für das, was ich zu tun habe, ist Licht genug.«

»Bill«, flüsterte Nancy mit erschrockener Stimme, »warum siehst du mich so an?«

Bill Sikes stand einige Sekunden still, blickte mit geweiteten Nasenflügeln und schweratmend auf Nancy . . . dann griff er unvermittelt nach ihrem Hals, zog sie an sich heran und legte eine Hand auf ihren Mund.

»Bill! Bill!« keuchte das Mädchen, und Todesangst stand in ihrem Gesicht. »Ich . . . will nicht weinen . . . ich will nicht schreien . . . sag mir wenigstens, was ich getan hab!«

»Du weißt es doch, du Teufelsweib!« stieß Sikes hervor. »Du bist heute nacht beobachtet worden, und jedes Wort, das du gesagt hast, ist belauscht und mir zugetragen worden.«

»Bill, bitte!« flehte Nancy. »Ich kann dich . . . ich kann uns retten . . . sie würden uns . . .«

Bill Sikes' Hände hielten Nancy fest umfangen.

»Bill . . .« keuchte Nancy, obwohl sie kaum atmen konnte, ». . . es ist . . . nie zu spät zu bereu . . .«

Es waren ihre letzten Worte, und Bill Sikes tat jetzt genau das, was er sich vorgenommen hatte . . .

Unter allen Verbrechen, die in dieser Nacht in London verübt wurden, war dies das grausigste.

Voller Panik blickte Bill Sikes auf das, was er angerichtet hatte: Schlimmer noch als die Blutlache auf dem Boden waren die toten Augen, die ihn anzustarren schienen. Hastig griff der Verbrecher nach einer Decke, warf sie über die Leiche. Dann versuchte er wie ein Besessener, die Flecken aus seiner Kleidung auszuwaschen. Als er merkte, wie vergeblich diese Bemühungen waren, schnitt er die blutverschmierten Stücke einfach heraus und verbrannte sie. Dann begann er, mit einem Lappen die Blutspuren auf dem Boden wegzuwischen … Doch schon bald gab er es auf … selbst die Pfoten seines Hundes, der sich bisher irgendwo verborgen gehalten hatte, waren blutrot, und es blieb nur eine Chance: Flucht! Bill Sikes ging zur Tür. Er schob den schweren Tisch beiseite. Er schloß auf und warf einen letzten Blick auf die Stelle, wo das Menschenwesen lag, das ihm über so viele Jahre die Treue gehalten hatte, obwohl er es schon immer mehr als schändlich behandelt hatte … »Schau mich nicht so an!« entfuhr es Bill Sikes, und dann wandte er sich mit Grausen ab … gefolgt von seinem Hund, der den Schwanz eingezogen hatte und kaum hörbare Winsellaute von sich gab.

Als Sikes auf der Straße stand, begann sich alles zu drehen. Nur raus aus dieser Stadt! sagte er sich wie benommen und begann zu laufen.

Er sah nicht, wie sich Leute nach ihm umdrehten. Er wußte nicht einmal recht, welchen Weg er wählte. Er hatte nur einen Gedanken: Weg von dieser Leiche! Weg von diesem Platz, wo vielleicht schon bald Fagin oder dieser Monks oder die Polizei auftauchen konnten …

Erst als Sikes die Stadt hinter sich gelassen hatte, blieb er zum ersten Mal stehen. Er hatte die Orientierung verloren und war total erschöpft. Ich muß mich verstecken! sagte er sich und spürte zugleich, daß es vergeblich war. Egal, wohin er ging, egal, was er tat in den nächsten Stunden – diese Augen verfolgten ihn, dieser Schatten verfolgte ihn …

Die Strafe für Bill Sikes' Verbrechen und all die Untaten, die er zuvor begangen hatte, war grausam. Eine Zeitlang noch trieb er sich in der Nähe von London herum, dann zog es ihn zurück in die Stadt ... an die Stellen, wo die schlimmsten Kreaturen hausten ...

Nancys Leiche war inzwischen entdeckt worden. Längst hatte man auch Spuren gefunden, und es war nicht mehr nur Sikes, der gesucht wurde.

Ich muß Stierauge ertränken, sonst wird er mich verraten! beschloß der Mörder. Aber bevor er neuerlich eine Untat begehen konnte, hatte der Hund sein Versteck verraten. Zwar ergriff Sikes ein letztes Mal die Flucht. Doch beim Versuch, über die Dächer zu entkommen, geschah das, was viele gewünscht hatten: Sikes stürzte in den Tod!

Die Rätsel werden gelöst

Man kann es sich fast denken: auch Monks war inzwischen in die Falle gegangen. Mit Hilfe von Nancys genauen Beschreibungen war es Mr. Brownlow zusammen mit einigen Helfern gelungen, diese mysteriöse Gestalt aufzuspüren.

»Hier hinein!« befahl Mr. Brownlow, nachdem man Monks zu dessen Haus gebracht hatte. »Wenn Sie sich widersetzen, rufen wir die Polizei, und ich klage Sie als Schwerverbrecher an!«

Kurz darauf saß Monks im Salon von Mr. Brownlow und sagte einen überraschenden Satz: »Das ist ja eine feine Behandlung, die ich mir da vom ältesten Freund meines Vaters bieten lassen muß.«

»Es gibt Fäden im Leben eines Menschen, mein lieber Edward Leeford«, sagte Mr. Brownlow, »die lassen sich nicht zerschneiden. Ich war es, der die Schwester Ihres Vaters heiraten wollte. Doch es scheint, wie Sie selber am besten wissen, ein Fluch über Ihrer Familie zu liegen. Die Schwester Ihres Vaters starb, Ihr Vater führte, bevor er selber viel zu früh das Zeitliche segnete, eine schreckliche Ehe mit der Frau, die Ihre Mutter ist. Sie quälte ihn, sie betrog ihn, und sie war es wohl auch, die ihn so früh sterben ließ . . .«

»Was hat das alles mit mir zu tun?« erregte sich Monks alias Edward Leeford, während er alles tat, um sein Zittern zu verbergen.

»Sie haben einen Bruder!« sagte Mr. Brownlow in scharfem Tonfall.

»Nein!« schrie Monks auf. »Sie wissen genau, daß ich keinen Bruder habe!«

»Und das Testament? Was steht in dem Testament?« fragte Mr. Brownlow bohrend.

»Es gibt kein Testament!«

Mr. Brownlow lächelte bitter. Er betrachtete Monks, der, je länger das Gespräch dauerte, immer mehr in sich zusammenfiel, fast mitleidig.

»Wollen Sie eigentlich alles leugnen, Edward Leeford? Wissen Sie auch nichts von der Verbindung, die Ihr Vater einging, nachdem Ihre Mutter längst in den Armen eines anderen lag?«

Monks schwieg und biß sich ein ums andere Mal auf die Lippen.

»Ihr Vater ging diese Verbindung ein mit der festen Absicht und dem Versprechen, diese junge Frau zu ehelichen. Doch bevor es dazu kam, wurde er krank, fuhr zu einer Kur nach Rom und starb dort.«

»Richtig«, zischte Monks und schien plötzlich wie befreit. »Und ich war sein gesetzmäßiger Erbe! Alles andere sind Gerüchte.«

»Das mögen Sie so wünschen«, sagte Mr. Brownlow. »Aber ich kann Ihnen heute sagen, daß mich Ihr Vater auf dem Weg nach Rom besuchte und mir alles erzählte, was ihn bedrückte. Ich erfuhr im Vertrauen, daß seine Verlobte aus sehr einfachen Verhältnissen stammte und schwanger war. Und als Zeichen unserer Freundschaft überließ er mir zu treuen Händen ein Porträt dieser Frau, das ich bis heute aufbewahrt habe. Als ich damals vom plötzlichen Tod Ihres Vaters erfuhr, versuchte ich selbstverständlich Kontakt zu dieser Frau aufzunehmen. Aber sie und ihre kleine Schwester, die ihr sehr ähnlich war, waren verzogen, und niemand konnte mir sagen, wohin.«

»Das ist doch alles unwichtig«, sagte Monks und schien sich kaum noch für das zu interessieren, was Mr. Brownlow erzählte.

»Doch dann, viele Jahre später, wurde mir – wie von Schicksalsmacht – Ihr Bruder als ein verarmtes, vernachlässigtes und schwächliches Kind in die Arme geführt. Wäre nicht das Porträt der Mutter gewesen . . . ich hätte wohl nie die Zusammenhänge erkannt. Der Junge wurde mir zwar nach kurzer Zeit entrissen, aber nun ließ mich der Fall nicht mehr los. Ich reiste umgehend nach Westindien, wohin Sie sich vor Jahren mit Ihrer Mutter zurückgezogen hatten. Dort habe ich erfahren, daß Sie wieder in London weilten.«

»Wieso sollte ich nicht?« rief Monks aufgebracht.

»Sie mußten!« sagte Mr. Brownlow laut. »Sie hatten Wichtiges zu erledigen. Besser gesagt: Sie brauchten Handlanger, die diese Drecksarbeit für Sie erledigten. Ich nenne nur einen Namen: Fagin!«

Monks wurde aschfahl, er begann am ganzen Körper zu zittern und wußte sich nicht anders zu helfen, als in seine Hände zu beißen.

»Mit diesem Dreckskerl, der Kinder zu Verbrechern abrichtet, haben Sie sich verbündet, Monks! Sie haben ihm Papiere anvertraut, die Olivers Herkunft belegen, und Sie haben ihn beauftragt, Ihren Halbbruder in den Sumpf zu ziehen!«

»Warum sollte ich?« fragte Monks.

»Weil in dem Testament, das es angeblich nicht gibt, steht: Das uneheliche Kind Ihres Vaters erbt nur dann die Hälfte des Vermögens, wenn es ein ordentliches Leben führt.«

»Woher wollen Sie das alles wissen?« fragte Monks.

»Sie sind mehrmals belauscht worden, als Sie mit diesem Fagin verhandelten. Der Verbrecher ist übrigens verhaftet worden und wartet auf seinen Prozeß. ›Tod auf dem Schafott‹ wird das Urteil lauten – das garantiere ich Ihnen! Und das Gleiche blüht Ihnen, wenn ich Sie an die Polizei ausliefere!«

Monks schwieg. Irgendwas schien in seinem Kopf vorzugehen. Sogar das Zittern hatte aufgehört, und Mr. Brownlow wartete lange, bis der Mann wieder zu sprechen begann: »Hören Sie zu, mein lieber Mr. Brownlow!« sagte Monks grinsend. »Sie haben sich große Mühe gegeben und verblüffende Dinge herausbekommen. Ich sage Ihnen jetzt: Ich bestreite alles! Es gibt keinen Beweis dafür, daß dieser Oliver ein Kind meines Vaters ist. Ich kenne meinen alten Herrn. Wenn er damals tatsächlich ein Verhältnis mit dieser Agnes ... mit dieser Frau gehabt hätte und daraus ein Kind entstanden wäre, so hätte er ihr etwas geschenkt als Dokument seiner Liebe und Zuneigung. Und dieses Etwas hätte man ja gefunden bei der Toten, oder?« Monks sah Mr. Brownlow triumphierend an. »Mir tut es wirklich nicht leid um diesen Fagin. Er scheint eine üble Kreatur zu sein. Aber mich sollten Sie nicht in einem Atemzug mit diesem Scheusal nennen ...«

Die letzten Worte schienen Monks sehr angestrengt zu haben. Mit einem Mal wurde er wieder von einem Anfall erfaßt, verdrehte die Augen und suchte mit seinen Zähnen nach etwas zum Festbeißen.

Mr. Brownlow betrachtete den Kranken und brach das Verhör ab: »Vielleicht haben Sie ja recht.«

Monks war verwirrt. Gab es doch noch eine Hoffnung für ihn? Zwei Menschen, die gegen ihn hätten aussagen können, waren schon tot. Derjenige, der am meisten von ihm wußte, hatte offenbar geschwiegen und würde bald geköpft werden. Wer sonst sollte noch gegen ihn als Zeuge auftreten?

»Wollen Sie vorläufig hier unter meinem Schutz bleiben?« fragte Mr. Brownlow Monks nach dem Verhör. »Oder ziehen Sie den Schutz der Polizei vor?«

»Sie können nach Belieben über mich verfügen«, erklärte Monks mit schwacher Stimme.

Das Verhalten Monks' schien Mr. Brownlow sehr entgegenzukommen. Im Grunde saß der Mann längst in der Falle und war – verzweifelt und krank, wie er war – nur zu bemitleiden. Trotzdem fehlten die letzten Puzzleteile, um dem Kerl sein übles Spiel und vor allem diesen gigantischen Betrug nachzuweisen. Denn eines stand unumstößlich fest: Der alte Leeford war ein überaus reicher Mann gewesen und hatte nach seinem Tod ein großes Vermögen hinterlassen.

»Würden Sie mich und meinen Freund, Mr. Grimwig, aufs Land begleiten?« fragte Mr. Brownlow am nächsten Tag seinen unliebsamen Gast.

»Wenn Sie nichts Besseres vorhaben«, erwiderte Monks in seiner bekannten Dreistigkeit.

Eine Kutsche fuhr vor, die drei besagten Herren stiegen ein ... und dann folgte noch eine weitere Person, die von Monks mit bitterbösem Blick empfangen wurde: Oliver Twist!

Kurz vor der Fahrt hatte sich Mr. Brownlow ein Herz gefaßt und den Jungen über alles aufgeklärt. Natürlich konnte Oliver gar nicht begreifen, welch Ränkespiel und welch unglaubliche Verknüpfungen sein Leben in den letzten Jahren bestimmt hatten. Und genausowenig konnte er jetzt fassen, daß er mit der Kutsche genau dorthin fuhr, wo er die ersten leidvollen Jahre seines Lebens verbracht hatte.

»Keine Sorge, Oliver, wir fahren nicht zum Armenhaus!« sagte Mr. Brownlow, als sie durch das Städtchen kutschierten, das Oliver in so schrecklicher Erinnerung hatte. »Dennoch wirst du gleich alte Bekannte wiedersehen.«

Und tatsächlich – nachdem Mr. Grimwig, Oliver und Monks eine Zeitlang im Gasthaus gewartet hatten, schob Mr. Brownlow zwei wohlbekannte Leute in den Raum.

Und wenig später kamen noch zwei Zeugen dazu, die Mr. Brownlow zuerst ins Verhör nahm: »Meine Damen! Wie wir erfahren haben, taten Sie vor Jahren Dienst, als dieser Junge hier geboren wurde. Können Sie sich noch an seine Mutter erinnern?«

»Wir haben alles mitgekriegt, die Wände sind sehr dünn im Armenhaus!« begannen die beiden Weiber und erzählten zu Olivers Verblüffung, wie seiner Mutter damals nach dem Tod etwas von der Brust genommen wurde, das nicht nur Goldeswert hatte.

»Kennen Sie, Mr. und Mrs. Bumble, diesen Mann hier?« fragte Mr. Brownlow etwas später die Leiter des Armenhauses und zeigte dabei auf Monks.

Wie nicht anders zu erwarten war, bestritt das Ehepaar mit vielen Worten und Gesten, je eine Begegnung mit Monks gehabt zu haben.

»Und wieso konnte dieser Monks nach eigenen Worten das Medaillon mit dem Ring, das letzte Beweisstück von Olivers Mutter, vor Ihren Augen in die Themse werfen?« fragte Mr. Brownlow.

»Mrs. Bumble hat den Pfandschein von der alten Sally genommen«, krächzte eine der beiden Weiber.

»Ich geb's ja zu«, sagte Mrs. Bumble kleinlaut. »Aber diesem Monks da das Geld abknöpfen – das wollte mein Mann!« fügte sie hinzu.

Es ging noch einige Zeit hin und her, und schließlich legte auch Monks ein Geständnis ab:

»Es stimmt, was hier gesagt wird.«

Er warf Oliver einen wilden Blick zu und sackte wieder einmal zitternd in sich zusammen.

»Und die Papiere, das Testament oder andere Aufzeichnungen . . . davon wissen Sie nichts, Monks?«

»Nein!« log der, und Mr. Brownlow tat so, als ob er ihm glauben würde.

»Aber für uns hat doch das Ganze keine Bedeutung, nicht wahr?« fragte jetzt Mr. Bumble, wobei er eine möglichst würdevolle Haltung einnahm. »Wir haben in unserem Leben stets im Dienste der Gemeinde gewirkt und waren bemüht, immer das Beste für unsere Hilfsbedürftigen zu tun. Das kann unser lieber Oliver sicher auch bezeugen. Ihm hab ich sogar eine richtige Arbeitsstelle bei unserem Sargschreiner besorgt. Das weißt du doch noch, nicht wahr, lieber Oliver?«

Oliver blickte stumm vor sich hin. Die ganze Zeit waren ihm Bilder von früher hochgekommen, er hatte wieder das leere, ausgehöhlte Gefühl im Magen, und er hörte das Klatschen der Schläge, die er und seine Leidensgenossen über sich ergehen lassen mußten . . .

»Ich denke, wir können Oliver alles Weitere ersparen. Er hat genug gelitten in seinem Leben, und wie mir scheint, hat er noch nicht alles überstanden«, sagte Mr. Brownlow und gab ein Zeichen zum Aufbruch.

»Ihnen, Mr. und Mrs. Bumble, kann ich versichern: Ich werde alles tun, daß Sie im Armenhaus bleiben können . . .«

»Das ist überaus freundlich von Ihnen«, sagte Mr. Bumble und machte eine tiefe Verbeugung.

». . . aber nicht als Leiter des Hauses, sondern zur Abwechslung einmal als diejenigen, die um das Armenbrot betteln müssen!« ergänzte Mr. Brownlow seinen Satz.

Oliver war froh, als er bald darauf wieder in der Kutsche saß. Zwar hockte immer noch dieser unheimliche Mensch, der sein Halbbruder war, neben ihm – aber irgendwie fühlte er sich jetzt befreiter . . .

Ja, er hatte sogar den Mut, an einem der nächsten Tage zusammen mit Mr. Brownlow dem Menschen zu begegnen, der in seinem bisherigen Leben ebenfalls eine so schlimme Rolle gespielt hatte: Fagin! Dem Alten war nach seiner Verhaftung sofort der Prozeß gemacht worden, und die Beweislast war erdrückend. Der, der so viele Menschenleben auf dem Gewissen hatte, wurde zum Tode verurteilt und saß nun in einer Zelle, von der aus er zusehen konnte, wie das Schafott für ihn hergerichtet wurde.

»Der Anblick dieses Schurken ist nichts für Kinder«, sagte ein Wärter, als Mr. Brownlow mit Oliver an der Gefängnispforte erschien.

»Das weiß ich«, erklärte Mr. Brownlow. »Aber dieser Junge hat den Verbrecher erlebt, wie er geherrscht hat, und nun soll er auch sehen können, wie es mit ihm zu Ende geht.«

Und in der Tat: Dieser Alte, der noch nie eine Schönheit gewesen war, kauerte nun wie ein Schatten seiner selbst in der Zelle. Fürchterliche Ahnungen und Ängste umkreisten seinen Kopf, der sich so viel Grauenvolles und Gemeines ausgedacht hatte. Und jetzt, als er Mr. Brownlow und Oliver sah, schien er nicht zu wissen, ob er fantasierte oder nicht. Er redete irres Zeug und hörte kaum zu, als Mr. Brownlow sagte: »Fagin, Sie besitzen Papiere, die Ihnen ein gewisser Monks, für den Sie gearbeitet haben, in Verwahrung gegeben hat.«

»Lüge, alles Lüge!« krächzte Fagin und schien erst jetzt Oliver zu erkennen. »Ach, da ist ja mein Oliver! Komm her, mein Junge!« flüsterte er und winkte Oliver mit seinen hageren Fingern zu sich. »Ich möchte dir allein etwas verraten.«

Oliver blickte kurz zu Mr. Brownlow, dann ging er mit klopfendem Herzen auf Fagin zu.

»Komm!« stieß Fagin hervor, packte Olivers Arm und flüsterte ihm leise ins Ohr. »Du darfst es niemandem weitersagen . . . Im oberen Vorderzimmer über dem Kamin in einem Leinenbeutel . . . da liegen die Papiere . . .«

Oliver war froh, als er kurz darauf vor dem Gefängnis stand.

»Kannst du mich an den Platz bringen, wo dieser Fagin gehaust hat?« fragte Mr. Brownlow seinen Schützling und legte liebevoll eine Hand auf dessen schmale Schulter.

»Na klar!« antwortete Oliver, und wenig später führte er Mr. Brownlow in die Gegend von London, wo die armseligsten Kreaturen der Stadt zu vielen Tausenden ohne Arbeit und ohne Hoffnung auf ein besseres Leben vegetierten.

»Hier ist es«, sagte Oliver mit einem seltsamen Gefühl in der Magengegend.

Auch Mr. Brownlow war sehr beklommen zumute, und mit Schaudern betraten sie das verkommene Haus. Es roch feucht und modrig, alle möglichen Klamotten lagen auf dem Boden herum, und es war unschwer zu erkennen, daß das Haus in Panik verlassen worden war.

Mit Herzklopfen betrat Oliver den Raum, wo Fagin gehaust hatte. Auch hier stand kein Ding mehr am gewohnten Platz. Die Schränke und Kisten, in denen Fagin seine Schätze aufbewahrt hatte, waren aufgebrochen und bis auf das letzte geraubte Taschentuch leer geräumt. Oliver ging zum Kamin und tastete die Stelle ab, die Fagin ihm beschrieben hatte . . . und tatsächlich: Dort kam der Leinenbeutel mit den Papieren zum Vorschein, die Mr. Brownlow zur endgültigen Überführung von Monks so dringend brauchte.

Als Monks eine Stunde später von dem Fund erfuhr, hatte er nicht mehr viel zu sagen.

Zähneknirschend und in panischer Furcht, das gleiche Schicksal wie Fagin zu erleiden, verriet er sein letztes Geheimnis . . . das Versteck des Geldes, das er sich auf so hinterhältige Weise ergaunert hatte. Es war kaum mehr die Hälfte von dem, was der alte Leeford hinterlassen hatte, und ohne Widerspruch war Monks bereit, ein Dokument zu unterschreiben, welches Oliver als den rechtmäßigen Erben dieses Geldes auswies.

Doch bevor Monks endgültig von der Bildfläche verschwand, sorgte er noch für eine riesengroße Überraschung:

»Ich weiß übrigens, warum diese Rose Maylie der Mutter meines Halbbruders so ähnelt!« verkündete er. »Sie ist ihre kleine Schwester. Sie wurde, als ihre Eltern starben und Agnes die Verbindung mit meinem Vater einging, als junges Mädchen von einer reichen Dame adoptiert.«

»Etwa von der guten Mrs. Maylie?« wollte man wissen.

»Ja, so unglaublich es klingt – sie ist die Frau, die nicht nur Rose rettete, sondern der das so rätselvoll waltende Schicksal auch noch den Sohn der Schwester zuführte!«

Man kann sich vorstellen, welche Verwunderung und schließlich Freude diese Neuigkeit auslöste. Mit einem Mal konnte Rose verstehen, warum ihr Oliver von der ersten Minute an so ans Herz gewachsen war und weshalb sie den Wunsch hatte, dem Jungen Mutter und Schwester und Freundin zugleich zu sein . . .

»Ach, könnten wir doch alle zusammenleben!« wünschte sich Oliver aus tiefstem Herzen, und dieses Mal stand seinem Glück kein Hindernis mehr im Wege.

Eines Tages kam Mr. Brownlow zu ihm und machte folgenden Vorschlag: »Ich bin, wie du weißt, meinem alten Freund Leeford, deinem Vater, sehr eng verbunden. Ich möchte dich, lieber Oliver, deshalb an Sohnes Statt adoptieren und mit dir und Mrs. Bedwin aufs Land ziehen.«

»Dorthin, wo Mrs. Maylie und Rose wohnen?« fragte Oliver aufgeregt.

»Du hast es erraten«, erwiderte Mr. Brownlow schmunzelnd. »Auch Mrs. Maylie hat ein neues Haus gemietet, weil ihr Sohn Harry aus gewissen Gründen wieder bei ihr einzieht.«

»Er will Rose heiraten, stimmt's?« wollte Oliver wissen.

Mr. Brownlow nickte, und schon nach wenigen Wochen war es soweit: Oliver bekam ein eigenes Zimmer, und Mr. Brownlow schenkte ihm das Bild, welches er über all die Jahre, wie in weiser Vorahnung, aufbewahrt hatte . . .

Die Deutsche Bibliothek — CIP-Einheitsaufnahme

Oliver Twist/ Charles Dickens. Nacherzählt von Dirk Walbrecker.
Ill. von Doris Eisenburger. — Wien: Betz, 1993
(Bibliothek der Kinderklassiker)
ISBN 3-219-10566-1
NE: Walbrecker, Dirk [Bearb.]; Eisenburger, Doris;
Dickens Charles: Oliver Twist

B 564/1
Alle Rechte vorbehalten
Umschlag, Illustrationen und Layout von Doris Eisenburger
Copyright © by Annette Betz Verlag im Verlag Carl Ueberreuter,
Wien — München
Printed in Slowenia
1 3 5 7 9 11 10 8 6 4 2